Vorwort

Die meisten Menschen erinnern sich an persönliche Erlebnisse, die bereits im Kindesalter, ab dem dritten oder vierten Lebensjahr passiert sind, sagt Professor Dr. Dr. Manfred Spitzer, der renommierte Leiter der psychiatrischen Universitätsklinik in Ulm. In meiner „ersten" Kindheitserinnerung hat sich ein Ereignis fest eingeprägt und ist immer abrufbar. Diese Begebenheit kann ich nachempfinden als aktuelle Gegenwart, lebendig im Hier und Jetzt:

Die für uns alle beglückende Heimkehr unseres Vaters aus der Gefangenschaft.

Dieses Buch ist nicht perfekt, aber mit Herzblut geschrieben und ich möchte daher auf mein Lebensmotto, Seite 11 hinweisen.

Alicia Makatsch

Alicia´s Hinterhofgeschichten

Eine Liebeserklärung an meine Heimat

© 2018 Alicia Makatsch
Umschlag, Illustration: Alicia Makatsch
Lektorat, Korrektorat: Richard Moses
Übersetzung:
Weitere Mitwirkende: Richard Moses

Herstellung und Verlag: BoD- Books on Demand, Norderstedt

ISBN
Paperback   9783752856538
Hardcover
e-Book

FSC
www.fsc.org

MIX
Papier aus verantwortungsvollen Quellen
Paper from responsible sources
FSC® C105338

Inhaltsverzeichnis

Mitten im Herzen Deutschlands

und zu beiden Seiten des Rheins liegt die Kurpfalz

Alicia´s Hinterhofgeschichten

Heiteres und Besinnliches

Alicia Makatsch

Prolog

Eine Hommage an meine Heimat!

Am 8. Mai 1945 endete der 2. Weltkrieg,
ein Augenblick zwischen Vergangenheit und
Zukunft, genannt, „die Stunde Null".

Deutschland lag in Schutt und Asche, zerstört am
Boden. Mehr als 50 Millionen Menschen verloren ihr
Leben, die Überlebenden aber sahen mit Sorgen in
die Zukunft, wie könnte sich der ersehnte Frieden
gestalten und wie würden die Siegermächte mit den
Besiegten umgehen?

In zahlreichen Dokumentationen wurde bisher
dieses dunkle Kapitel der deutschen Geschichte
analysiert. Die Erlebnisse meiner Generation fanden
weniger Beachtung, doch noch gibt es Zeitzeugen.
Kinder, die aus einer heilen Welt in dieses Chaos
hinein geraten waren, haben Erfahrungen gemacht,
die für immer unauslöschlich im Gedächtnis ein-
gebrannt sind.

Wir haben gelernt, aufeinander zu achten, Zusammenhalt in der Familie war und bleibt wichtig, ebenso wie der respektvolle Umgang mit den Mitmenschen, was man im Allgemeinen unter „Herzensbildung" oder als einen Teil unserer „Wertegemeinschaft" verstehen mag.

Es könnte seltsam erscheinen, dass die Erzählform zwischen Präsens und Präteritum wechselt, dies ist jeweils der Situation geschuldet, um den Leser in das Geschehen mit hineinzuziehen.

Meine Geschwister waren gerade mal zehn und zwölf Jahre alt, als sie sich verängstigt und verstört in einer Umgebung voll von Schutt und Trümmern zurechtfinden mussten. In diesen ungewissen Zeiten spürten wir auch schmerzlich den Druck, der auf den Erwachsenen lastete. Aus diesem Blickwinkel, also mit den Augen eines Kindes betrachtet, möchte ich in kleinen Episoden den Alltag und den schweren Weg einer Durchschnittsfamilie, vom Wiederaufbau bis zum Beginn des Wirtschaftswunders beschreiben und nota bene vom „Fräuleinwunder".

Geschichten dieser Art sind vielfach dokumentiert und unzählige Familien haben ähnliche Schicksale geteilt oder sogar schlimmeres durchlebt. Meine Hinterhofgeschichten sehe ich persönlich als eine Danksagung an unsere Eltern und auch als eine Liebeserklärung an die kurpfälzische Heimat!

Mit Daten und Fakten belegt, aber auch mit Humor und Augenzwinkern sind die Zeilen jungen Menschen gewidmet. Mögen sie die vielseitigen Möglichkeiten, die heute geboten werden wahrnehmen und mit Freude Lernen, Streben und Reisen:

Carpe diem!

Auch Mitmenschen meiner Generation werden in einigen Erinnerungen Parallelen finden und die eigenen Erlebnisse reflektieren.

Wir fühlten uns bettelarm aber glücklich. Klingt abgedroschen, jedoch damals hiess die einfache Definition von Glück: Überleben, ein Dach über dem Kopf, auch etwas Essbares für den knurrenden Magen.

Eine Kindheit in Armut ist nicht gleichbedeutend mit unglücklich sein.

Wir haben es mit Fleiss und Schweiss geschafft, unser Land aufzubauen und neu zu gestalten. Dennoch, als habe die Menschheit aus den Verfehlungen unserer Vergangenheit keine Lehren gezogen, müssen Menschen Tag für Tag aus Angst vor kriegerischen Konflikten aus ihrer Heimat fliehen.

Appelliert wird an unsere Menschlichkeit und Toleranz, deshalb möchte ich eines meiner Lieblingsgedichte voranstellen, das meine Lebenseinstellung entscheidend mitgeprägt hat.

Den Göttern ist Milde lieb

versag´dich dem Flehenden nicht,

dem keine Hoffnung blieb, als

ein gütiges Menschengesicht.

Denn in der Lampe der Welt

bist Du das Wachs und der Docht,

an Dich wird die Frage gestellt,

ob du zu leuchten vermocht.

(Sophokles 400 v. Chr.)

Die Heimkehr

Ich sitze am Küchentisch und lasse die dünnen Beine baumeln, da sie nicht bis zum Boden reichen. Der alte Stuhl knarrt leise, trotz meines Fliegengewichts. Mutti steht am Fenster auf Zehenspitzen, damit sie das Geschehen draussen besser beobachten kann.

Aufgeschreckt durch den Lärm auf der Strasse, streckt sie ihren dürren Hals wie ein Hühnchen das Körner pickt nach vorne, nur so kann sie über die obere Hälfte der Fensterscheibe sehen. Der untere Teil des Fensterglases ist von Eisblumen bedeckt, undurchsichtig wie Milchglas. Eiskristalle in filigranen Mustern wie Farne oder gefiederte Palmwedel ranken sich an der Scheibe empor. Sobald aber die ersten Sonnenstrahlen auf das Glas treffen, rutschen einzelne kleine Sternchen abwärts und bilden ein Rinnsal auf der Fensterbank. Ab und zu wischt Mutti die Fensterbank mit einem alten Lappen trocken, trotzdem zeigt die Lackfarbe Risse.

Nie wieder habe ich bis heute an Fensterscheiben Eisblumen entdeckt, dank unserer wohltemperierten Räume.

Anmerkung:

Der Winter 1946/1947 ging als Jahrhundertwinter in die Geschichte ein. Sogar der Rhein war im Januar 1947 im Bereich der britischen und französischen Besatzungszone auf einer Länge von 60 km zugefroren. Die Schiffe lagen eingekeilt von Eisschollen vor Anker so, dass ein wichtiger Transportweg für Nahrungsmittel und Kohle ausfiel. Allein in Deutschland mussten noch mehrere hunderttausend Menschen an den Folgen von Hunger und Kälte sterben.

Erneut hört man von draussen Gezeter und Geschrei. Nun erscheinen auch an anderen Fenstern Köpfe im Halbdunkel und betrachten die Szene als seien die Darsteller auf einer Bühne. Das Nachbarhaus liegt in sich zusammengesunken in Trümmern. Aus einem riesigen Berg aus Schutt und Steinen ragen in bizarren Formen zersplitterte Reste von Holztüren, Fenstern und Türrahmen hervor, die als Brennmaterial hochbegehrt sind.

Auch wir haben zuvor einiges gesammelt, was leicht zugänglich war, damit wenigstens im Küchenherd ein kleines Feuer glimmt.

Inmitten des schmutzigen Durcheinanders, stehen zwei Personen und streiten. „To je moje" schreit eine Frau auf der Strasse, „To je moje". Zugleich zerrt sie an einer Matratze, die sie aus den Trümmern ausgegraben hat. Gegenüber stämmt sich breitbeinig ein fremder Mann dagegen, mit etwas mehr Kraft zieht er am anderen Ende der Matratze.

Flüchtig betrachtet wirkt die keifende Frau rundlich, offensichtlich trägt sie mehrere bodenlange Röcke übereinander, die sich an den Hüften aufbauschen. Schneematsch und Dreck haben den Rocksaum stark verkrustet, eine graue Schürze ebenso lang wölbt sich darüber. Um die schmalen Schultern geknotet soll ein besticktes Tuch mit Fransen vor der beissenden Kälte schützen. Ein grosses schwarzes Kopftuch, tief in die Stirn gezogen, verdeckt halb das blasse Gesicht. Einziges Hab und Gut das man auf dem Leib tragen konnte, auf abenteuerlichen Fluchtwegen vom Balkan oder sonst woher, in ein fremdes, zerstörtes Land, das die aus ihrer Heimat vertriebenen Menschen nicht immer willkommen hiess.

Keiner will dem anderen die Beute überlassen, schliesslich reisst der Drell und eine bräunliche feuchte Masse aus Rosshaar quillt hervor.

Der ungleiche Kampf ist damit beendet, die Matratze geteilt und wenigstens die Füllung sollte für kurze Zeit eine Stube wärmen.

Andere vermummte Gestalten die kurz inne hielten, suchen nun in den Trümmerbergen weiter nach Metallteilen, Töpfen, Pfannen und Eimern, die noch einigermassen instand und reparabel in den Hohlräumen vermutet werden. Die Haushaltsgegenstände vorwiegend aus Emaille, oder Gusseisen könnten hoffentlich, wenn auch zerbeult, noch Verwendung finden. Alles wurde gebraucht, Nachbarn, die ihre Wohnung zerstört vorfanden, standen ja buchstäblich vor dem Nichts.

Ach, ich würde ja so gerne in den Schuttbergen umher klettern und wühlen, aber das Betreten der Ruinen ist strikt verboten. So sehne ich den Frühling herbei, damit ich endlich in „unserem" Hof spielen darf, der durch eine russgeschwärzte Mauer zum zerstörten Nachbarhaus abgegrenzt ist. Unser Wohnhaus, das wie durch ein Wunder unversehrt aufrecht steht, ist in L-Form gebaut, so dass meine Mutter vom Küchenfenster aus den gesamten Hof und auch mich im Auge behalten konnte.

Auf der gegenüberliegenden Strassenseite liegen die Wohnhäuser ebenfalls in Schutt und Asche. Manche Bewohner, die benommen aus den Luftschutzbunkern taumelten, konnten ihre eigenen vier

Wände zunächst nicht wiederfinden, ganze Strassenzüge sind bis zur Unkenntlichkeit zerstört.

Rotbraune und ockerfarbene Klinkersteine, Scherben und Ziegel, Bruchstücke und Bauteile liegen staubbedeckt, aufgetürmt über dem Kopfsteinpflaster. Einst prägten repräsentative Jugenstil-Fassaden das Straßenbild mit breiten Trottoirs, gesäumt von stattlichen Platanen, Zeugen einer vergangenen Epoche. Das Anliegen des Jugendstils war, Leben und Kunst im alltäglichen Leben miteinander in Einklang zu bringen, dies prägte auch die Wohnhausarchitektur. Merkmale, die heute noch den Charme eines gehobenen Wohnviertels ausmachen, sofern sie vom Bombenhagel verschont geblieben sind. Nun liegen zerstörte, schwungvolle florale Ornamente, Rosetten, Girlanden und Pilaster, auf dem Kopfsteinpflaster der Hauptstrasse.

Einzig die Strassenbahnschienen der wichtigen und viel genutzten Linie Fünf blitzen unversehrt zwischen den grauen Basaltsteinen hervor.

Friedens-
kirche
Mannheim

Friedenskirche Mannheim
Erbaut 1906, zerstört 1943/45
Der Erlös aus dem Verkauf dieser Karte ist für
den Wiederaufbau der Kirche bestimmt

(Postkarte: Fotostudio Mechnig, Mannheim-Sandhofen)

Bis zum Ende des 2. Weltkriegs erlebte die Stadt über 150 Luftangriffe, der Zerstörungsgrad betrug 51%. Nicht einmal in einer Kirche konnte man Zuflucht finden, auch die Jesuitenkirche am Schloss, in der Mannheimer Innenstadt, wurde getroffen. Ebenso Gotteshäuser in den Vororten!

Die Generation unserer Eltern fühlte sich um die besten Jahre betrogen, Unbeschwertheit und Lebensfreude waren zunächst erloschen. Kinder, Jugendliche und Alte, die der sogenannte „Volkssturm" nicht benötigte, kauerten in feuchten Kellerräumen. Angsterfüllt klammerten sich die Menschen aneinander, wenn die heftigen Einschläge näher kamen und das Mauerwerk bebte. Vorsichtshalber wurden die Kleinen in Kleidern zu Bett gebracht und bei Alarm schlaftrunken zum nächstmöglichen Luftschutzbunker mitgezerrt, traumatisiert vom Sirengeheul und den darauf folgenden Detonationen. Mutter war immer bereit zum Aufbruch beim ersten Alarm und achtete sorgsam darauf, dass ihre Handtasche mit den wichtigsten Ausweispapieren und Lebensmittelmarken griffbereit war.

Vor allem grosse Städte wurden wegen der umliegenden noch intakten Industrieanlagen zum Hauptangriffsziel. Es bot sich Gelegenheit, Kinder auf dem Land vermeintlich ausserhalb der Gefahrenzone unterzubringen. So nahm mein Bruder an der so genannten „Kinder-Land-Verschickung" teil und er

durfte einige Zeit auf einem Bauernhof im Schwarz-
wald verbringen.

Auch dort waren Männer, Brüder und Söhne zum
Wehrdienst verpflichtet und das schwere Tagwerk der
gesamten Landwirtschaft, also Feldarbeit, Versorgung
von Haus und Vieh, alles lastete auf den Schultern
der Frauen. Selbstverständlich wurde als Gegenleis-
tung für die Unterbringung der ausgehungerten
Stadtkinder deren tatkräftige Mitarbeit erwartet.

Die Dorfjugend, von Kindesbeinen an mit den
Aufgaben der Landwirtschaft vertraut, verspotteten
meinen Bruder ob seiner Schwäche und Hilflosigkeit.
Er war mager, hoch aufgeschossen, mit schlaksigen
Beinen und dünnen Armen und immer hungrig. So
mühte er sich verzweifelt, mit der Mistgabel ein
Bündel Heu von der gemähten Wiese auf den
Pferdewagen zu befördern. Die Heugabel war zu
schwer, der Schwung reichte nicht aus und die
getrockneten Grasbüschel regneten auf ihn herab. Die
Bäuerin sah, so wird das nichts und fortan durfte er
auf dem Wagen das Heu barfüssig fest stampfen,
zusammen mit den Mädchen. Ein weiteres Mal musste
er Häme und Spott der Gleichaltrigen über sich ergehen lassen. Seine zarten Hände konnten mit
schwungvollen Pinselstrichen und einigen sanften
Farbtupfern in Windeseile Aquarelle der Schwarz-
waldlandschaft zaubern, so transparent und licht-
durchflutet, wie es nur die Nasstechnik hervorbringt,
die er später noch perfektionierte. Doch sein Talent

war in diesen Zeiten weder gefragt noch estimiert. Er fühlte sich abgeschoben und verletzt.

Lange Zeit litt er unter Hospitalismus, wiegte sich bettnässend selbst in den Schlaf, während meine Schwester immer stiller wurde und vollkommen in sich zurückgezogen, in einer Zimmerecke kauerte, dem Schicksal ergeben. Die künstlerische Begabung und Sensibilität meines Bruders liess ihn zurückschrecken vor dem martialischen Auftreten des *Jungvolks,* er wollte lieber Aussenseiter sein und nicht dazugehören, wenn die Heranwachsenden unter Gruppenzwang die Pimpfe verhauen mussten, um spätere Befehlsgewalt zu lernen. Aber auch um blinden Gehorsam zu üben, der nichts zu hinterfragen wagt.

Unsere Kindheit war lange Zeit nur von düsteren Farben umgeben, schwarz, grau und braun. In meinem Kopfkino sehe ich Bilder, als ob man einen alten Stummfilm abspult, es bleibt eine beklemmende Erinnerung, wie ein Standbild.

Menschen schlurfen gramgebeugt durch die Strassen, schleppen Rucksäcke oder ziehen Leiterwagen mit den letzten Habseligkeiten hinter sich her. Einige tragen Mäntel aus Uniformstoffen, die auf links gewendet waren, an Saum und Ärmeln angesetzt mit mottenzerfressenen Pelzresten oder sonstigen abgewetzten Stoffen.

Unzählige Kriegsversehrte, schlichen scheu und verunsichert durch die Strassen, manche von ihnen waren mit gelben Armbinden gekennzeichnet, Menschen mit Brandwunden oder Narben, deutlich sichtbar, dass die chirurgische Erstversorgung im Feldlazarett auf schnellstmögliche Rettung ausgerichtet war. Männer mit fehlenden Gliedmassen, bewegten sich mühsam vorwärts, die leeren Hosenbeine mit Sicherheitsnadeln hochgesteckt, baumelten zwischen den selbst gezimmerten Gehstützen hin und her.

Sie alle prägten noch sehr lange das Strassenbild und damit die optische Wahrnehmung einer verlorenen Kinder- und Jugendzeit.

An dieser Stelle kommt mir eine Zeile in den Sinn aus dem Stundenbuch von Rainer Maria Rilke:

„Da wachsen Kinder auf an Fensterstufen, die immer in demselben Schatten sind und wissen nicht, dass draussen Blumen rufen zu einem Tag von Weite, Glück und Wind und müssen Kind sein und sind traurig Kind".

Hunger, Kälte und Angst bestimmten den Alltag und die Sorge, wo war unser Vater, verwundet, vermisst, in Gefangenschaft oder gar gefallen? Irgendwann im Bunker habe ich den Satz aufgeschnappt:

„Heute mach` ich mir kein Abendbrot,

heute mach´ ich mir Gedanken....!"

In der Ruine vor unserem Küchenfenster kehrte nun Ruhe ein, die Dämmerung legte ihren Grauschleier über die Stadt und jeder suchte Schutz in seiner Behausung. Mutti verliess endlich ihren Beobachtungsposten und kam zu mir an den Küchentisch. Sanft berührte ihre Hand mein Haar: „nicht zu tief hinunterbeugen, du verdirbst dir die Augen", mahnte sie leise und schon umschloss ihre schmale Hand meine kleine Faust und führte den Griffel zugleich mit einer Malanleitung:

„Auf ab auf, Tüpfelchen drauf", schau, nun hast du dein erstes *i* geschrieben, dieser Buchstabe kommt in deinem Namen vor.

So, nun mache mal zwei Punkte, dazwischen einen Strich von oben nach unten und darunter einen Strich quer, also:

*Punkt, Punkt, Komma, Strich, ein Kreis herum
und fertig ist das Angesicht.*

Eifrig kratzte mein Griffel über die Schiefertafel und
erzeugte schrille Geräusche.

Natürlich gab es kein Malpapier und wir waren
heilfroh, dass meine Schwester sorgsam mit ihrem
Schulbedarf umging. Niemals hatten ihre Bücher oder
Hefte „Eselsohren", alles war ordentlich sauber, ohne
Tintenflecke und konnte noch lange verwendet
werden. Praktisch war ja so eine Schiefertafel schon,
es liess sich nach Herzenslust darauf kritzeln,
Schwamm drüber und wieder neu beginnen. Mit
einem Nachteil, davon blieben keine frühkindlichen
„Kunstwerke" erhalten, die man stolz den Grosseltern
als „preiswertes Geschenk" präsentieren konnte.

Die Tafel hatte einen Holzrahmen, seitlich ein
kleines Loch; eine Kordel wurde durchgefädelt, befestigt mit einem feuchten Lappen, der immer miefig
roch, obwohl er ausserhalb des Schulranzens
baumelte.

Jetzt war die Lust am Malen erst recht geweckt.

Punkt, Punkt, Komma, Strich, fertig ist das „Mondgesicht" jetzt kommen noch zwei Ohren, so ist der Mensch geboren.

Ohne es zu ahnen, hatten wir mit Kinderreim gepaart, für uns einen „Smiley" gemalt, das erst viele Jahre später berühmt wurde.

Anmerkung:

Im Jahre 1963 beauftragte eine amerikanische Versicherungsgesellschaft einen Werbefachmann namens Ball, eine Anstecknadel zu kreieren, die das Betriebsklima verbessern sollte. So entstand aus dem „smile" der erste Button Smiley. Mister Ball erhielt damals für seine Idee gerade mal 45 Dollar. Im Jahre 1971 liess ein französischer Journalist ein Muster anmelden, das mit ovalen Augen dem Entwurf Balls am nächsten kommt. Heute ist der Journalist Millionär und hält die Rechte am Smiley.

Während mein Griffel eifrig auf und ab kratzte, dass es nur so quietschte, begann Mutter sorgsam ein paar Kartoffeln zu schälen. Hauchdünn mäanderten die Schalen auf den Küchentisch. Wären die Kartoffeln nicht so alt und schrumpelig gewesen, hätte man sie mitsamt der Schale essen können. Wie soll ich euch satt bekommen seufzte Mutter, die Lebensmittelration enthielt weder Fleisch noch Fett, kein Gemüse, kein Obst. Manchmal konnte man auf dem Schwarzmarkt etwas Zucker oder Konserven eintauschen. Es gab offiziell keine Waren zu kaufen, die Reichsmark hatte ihren Wert verloren, begehrtes Tauschobjekt waren Zigaretten. Vater schickte noch vor Kriegsende aus seiner Ration einige Zigarettenpäckchen nachhause in der Hoffnung, sein Vorrat würde wachsen. Aber sie wurden benötigt, doch es war gefährlich, Schwarzmarkthandel war verboten und es drohte sogar Gefängnisstrafe.

Die Ernährungslage war katastrophal. Wer noch Vorräte versteckt im Keller besass, sei es selbstgemachte Marmelade oder eingewecktes Obst, konnte sich glücklich schätzen. Manchmal gab es für jeden nur eine dünne Scheibe Brot, für uns Kinder war „Zuckerbrot" eine Belohnung. Man befeuchtete eine Scheibe Brot mit etwas Wasser oder Milch, darauf wurde eine Prise Zucker gestreut. Manchmal durfte ich von abgekochter Milch vorsichtig die Haut abnehmen und auf das Brot legen, dann mit Zucker bestreuen – ein besonderer Genuss.

Wie schlimm es um die hungernde Bevölkerung stand wird aus einem Zeitungsartikel aus dem Jahre 1947 des US Magazins Time deutlich, dort wurde von Seiten der amerikanischen Armeeangehörigen der „Verlust an Hunden" beklagt.

Plötzlich hielt Mutter inne, legte das Kartoffel-schälmesser zur Seite, wischte die feuchten Hände an der Schürze ab und lauschte angestrengt auf die fremden Geräusche im Treppenhaus. Eine Schrittfolge war jedoch nicht auszumachen, es klang eher wie ein Stampfen und Schlurfen, als ob jemand ein Bein nach sich zöge.

Der Klingelknopf wurde gedrückt, der schrille Ton, der beinahe in den Ohren schmerzt, wollte nicht enden. Dunkel zeichneten sich Umrisse einer Gestalt schemenhaft hinter der mit Tüllgardinen behängten Glasscheibe der Eingangstüre ab.

Im Flur stand Mutter noch unentschlossen, zögernd die Hand auf den Mund gepresst, wie immer wenn sie nachdachte oder sich unsicher fühlte. Gedankenblitze schossen durch den Kopf, würden sich Bettler oder Hausierer zwei Etagen hoch schleppen? Oft wurde im Hof musiziert und gesungen, um Wiederverwertbares gebettelt, im mehr oder weniger melodischem Singsang hörte jederman den Ruf nach Lumpen, Eisen, Flaschen und Papier, alles alles sammeln wir. Die gute Akustik im Hof trug die Stimme hinauf bis zum letzten Stockwerk. Auch Waren wurden feil-geboten, meist in Heimarbeit hergestellte Reisigbesen oder Bürsten. Für musikalische Darbietungen hatte Mutti trotz aller Not einen Groschen übrig, (immerhin war der Preis für ein Pfund Brot auf 17 Pfennige gesetzlich festgelegt!) schliesslich stammte sie ja aus dem Pfälzer Musikantenland und sie schwärmte immer wieder von der musikalischen Begabung der weit über die Landesgrenzen hinaus bekannten „Mackenbacher". Hin und wieder hörte man auch einen Leierkastenmann im Hof singen. Er gab sich alle Mühe, die Kurbel in gleichmässigen Bewegungen zu drehen. Meist waren es schauderhafte Moritaten, oder traurige Lieder vom armen Mariechen, das weinend im Garten sass, und das Klagelied der Gärtnersfrau über die verlorene Jugendliebe.

Kaum war die Drehorgel verstummt, vernahm man ein leises Plopp, vom Aufprall einer Münze, die sorgfältig mit Zeitungspapier umwickelt in den Hof geworfen wurde, als Belohnung für die willkommene Abwechslung.

Aus all diesen Gedanken wurde Mutter herausgerissen, vom schrillen Ton der Klingel. Diese wurde erneut gedückt, jetzt aber dauerhaft und so unerträglich, dass Mutti nicht mehr umhin konnte und öffnete. Ein gross gewachsener Mann wankte in die Küche, Mutter schrie auf:

Fritz, Fritz, Du...Oh, Gott sei Dank.

Die beiden lachten und weinten zugleich und sanken sich in die Arme.

Es gab kein Halten mehr, wenn Kinder ihre Mutter weinen sehen, müssen sie mitweinen, ob man den Grund versteht oder nicht. Dann wurde ich von zwei kräftigen Händen gepackt, hochgehoben und sah in zwei liebevolle braune Augen und meine Tränen wurden weggeküsst.

Die glückliche Heimkehr des Vaters aus der Kriegsgefangenschaft ist meine erste, mir bewusste und tiefgreifende Kindheitserinnerung!

Nachdem sich die erste Aufregung gelegt hatte und die Tränen getrocknet waren, packte Vater, der zunächst noch „fremde Mann" auf dem Küchentisch Gegenstände aus, von deren Existenz ich bisher keine Ahnung hatte. Da gab es etwas zum Staunen: Grüne Rasierseife, in Form eines spitzen Kegels, ein glänzendes Rasiermesser mitsamt Lederriemen zum Scharfmachen und dann kam noch ein Rasierpinsel zum Vorschein aus feinstem Dachshaar, sehr begehrenswert als Spielzeug. Allerdings verschwanden später alle diese wunderbaren, männlichen Utensilien wieder aus Sicherheitsgründen in einer olivgrünen ovalen Tasche, so eine Art Kulturbeutel mit Reissverschluss, die er in Gefangenschaft selbst von Hand genäht hatte, als Beschäftigungstherapie gegen Lagerkoller und Heimweh.

Von nun an konnten wir uns an seiner ausgiebigen Morgentoilette erfreuen. Ein Ritual, das mit der Herstellung von sahnigem Schaum mittels der aufgesparten kostbaren Seife begann. Zuerst kam das Einschäumen der Wangen, bis er aussah wie ein Weihnachtsmann und darauf folgte das lustige Grimassenschneiden vor dem Rasierspiegel. Die Haut musste durch Formen des Mundes zu einem „O" straff gespannt werden, damit die Klinge alle Bartstoppeln erfassen konnte. Wir waren fasziniert von diesem Anblick, Vater im Unterhemd, Hosen mit breiten Hosenträgern, Sockenhalter um die Waden und nach dem Ankleiden kamen für das gute Sonntagshemd noch verstellbare Ärmelhalter hinzu. Für mich bis dahin alles völlig unbekannte, männliche Accessoires.

Vater hatte immer eine Geschichte parat, so auch zum Thema Nassrasur. Um die Jahrhundertwende wurde betagten, zahnlosen Herren, deren Gesichtshälfte stark eingefallen war, beim Rasieren ein Suppenlöffel in den Mund gesteckt, sodass man die Wange nach aussen drücken konnte, zum Barbieren.

Das Sprichwort „über die Löffel Barbieren" bedeutet jemanden betrügen, übervorteilen, oder im heutigen Sprachgebrauch „jemanden über den Tisch ziehen".

Sofern das aufwändige Reinigungsritual auch eine Haarwäsche vorsah, suchte Vater stets die üppige Haarpracht mit einem schwarzen Haarnetz, das eng am Kopf anliegen musste, zu bändigen. Falls dies nicht nach seinem Wunsch glatt genug war, benetzte er die frisch gewaschenen Haare mit Nivea Kletten-wurzelöl, sehr zum Leidwesen der Hausfrau, denn es hinterliess erneut einen unerwünschten Fettfleck auf dem Kopfkissen. Die Frisurenmode sah vor, das Haar in voller Länge glatt nach hinten gekämmt zu tragen, um bestmögliche Ähnlichkeit mit dem damals sehr beliebten Darsteller Rudolf Prack zu erzielen, für den Mutti schwärmte.

Ab und zu konnten wir auch einen Blick auf die „Unaussprechlichen" erheischen, so nannte man noch vor dem Krieg die langen Unterhosen. Ganz gleich in welchem Jahrzehnt wir leben, Männer machen darin nun mal eine lächerliche Figur. (In gut gemeinten Ratschlägen über den Umgang mit Führungskräften wird empfohlen, sich den Vorgesetzten in langen Unterhosen vorzustellen, soll hilfreich gegen Be-fangenheit sein!)

Eigentlich sahen in jenen Kindertagen „untenrum" alle lustig aus – egal ob Junge oder Mädchen – man trug ein geknöpftes Leibchen mit Strumpfhaltern, also mit langen Gummibändern, an deren Ende braune, nur an Sonntagen weisse Baumwollstrümpfe, meist selbstgestrickt und kratzig, eingehakt wurden. Das heisst, die Oberschenkel waren unbedeckt und man fror schrecklich. Feinripp-Unterhosen mit halblangen Hosenbeinen, die eventuell die Strapse verdeckt hätten, besassen wir aus finanziellen und beschaf-fungstechnischen Gründen nicht. Die Wolle der selbst gefertigten Unterhosen kratzte die Oberschenkel wund und hinterliess nach längerem Sitzen auf den harten Schulbänken auch noch das Maschenmuster auf der geröteten Haut.

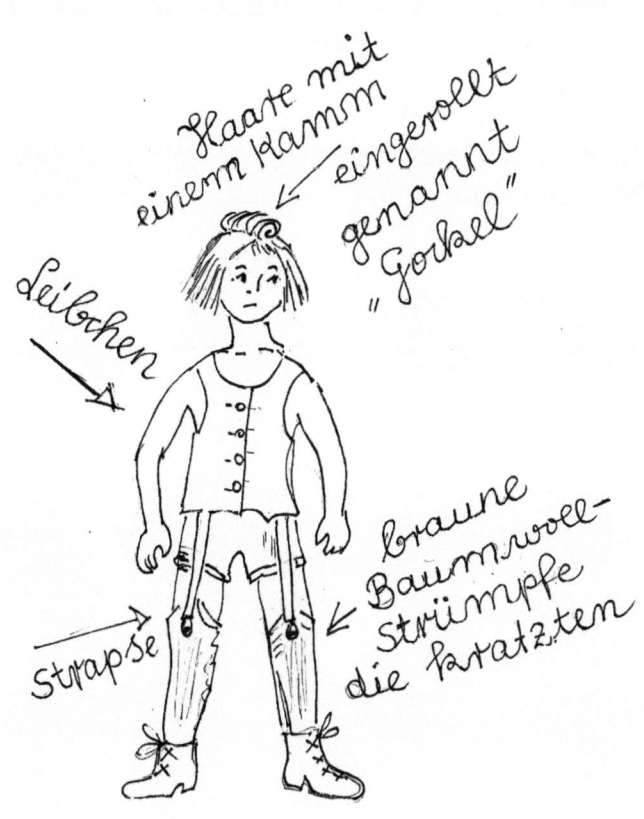

Haare mit einem Kamm eingerollt genannt "Gorkel"

Leibchen

Strapse

braune Baumwoll-Strümpfe die kratzten

Wir hingen wie Kletten an Vaters Rockzipfel und wollten alles wissen, angefangen vom so genannten Stellungsbefehl, Frankreich-Feldzug, danach Einsatz bei Belgrad und schliesslich Marschbefehl nach Russland bis hin zur Verwundung, der Gefangennahme und letztendlich seiner glücklichen Heimkehr. Zunächst berichtete er nur zögerlich von den schrecklichen Erfahrungen beim „Barras" und meinte, jeder deutsche Landser hätte Stoff genug, um ein Buch über seine Kriegserlebnisse niederzuschreiben.

Erfahrungen vererben sich nicht. Jeder muss sie alleine machen.

(Kurt Tucholsky)

Die Stunde Null

ein Augenblick zwischen Vergangenheit
und Zukunft

Der 2. Weltkrieg endete in Europa am 8. Mai 1945.

Jedoch unendliches Leid kam auch danach noch-
mals über die Menschen in Fernost, als amerikanische
Atombomben am 6. August auf Hiroshima und am 9.
August 1945 auf Nagasaki fielen.

Die Sorge vor neuen Eskalationen begleitet uns bis
heute. Die Drohgebärden einiger Despoten per se hat
mich motiviert, aus meiner Schulzeit 1959 ein Gedicht
eines unbekannten Autors wiederzugeben, welches
nur einen Bruchteil des Elends beschreibt:

Ruhelos lieg´ ich und schlafe nicht ein -
die Fische, ich höre die Fische schreien;
wie das Wasser glüht,
wie der weisse Pilz in die Wolken blüht.

Da treiben sie die Bäuche nach oben
Millionen Fische Bauch an Bauch
und über ihnen im Äther droben
schwebt tödlicher Rauch.

Ruhelos lieg ich und schlafe nicht ein
die Fische ich höre die Fische schreien
die toten Fische im Pazifik.
Ein Fischerboot aus dem Inselreich
durchbohrt von den tückischen Strahlen
und den Fischern werden die Augen weich
oh Spiegel fressender Qualen.

Das Leben verbrennt und kein Feuer zu sehn,
die Angst treibt ins Wasser hinein.
Ihr Mütter hört wie im Untergehen
die Fischer nach ihren Müttern schreien!

Ruhelos lieg ich und schlafe nicht ein,
die Fischer ich höre die Fischer schreien,
die toten Fischer im Pazifik.

In Banken und Trusts in Hochhäusern sitzen,
Hyänen und drohen mit grässlichen Blitzen,
wer wird uns von ihnen befreien ?

Wann wird es steigen das langersehnte
Völker - „Nein"
Oh -Wahnsinn ich höre die Toten schreien
und die noch leben schweigen.

Nach der Kapitulation zerstreuten sich Soldaten in alle Richtungen, von der Hoffnung beseelt, Angehörige und die Heimat unversehrt wiederzusehen. Das unvorstellbare Chaos in den deutschen Städten und Gemeinden entmutigte die Heimkehrer, weil sie durch verlogene Propaganda und Durchhalteparolen auf dieses Ausmass an Zerstörung nicht vorbereitet waren.

Vater gelang es, sich nach Hessen durchzuschlagen. Er schleppte sich unbemerkt in das Dorf, in dem seine Mutter lebte und suchte ein Versteck, um der Gefangennahme zu entgehen. Er war abgemagert, verwundet, nach den begrenzten Möglichkeiten der medizinischen Versorgung zusammengeflickt, die Augen tief in den Höhlen liegend und aschfahl. Aus Angst vor Strafe gewährte ihm seine Mutter nur eine Nacht Unterschlupf. Ein neuer Versuch, durch Feld und Wald seine Heimatstadt zu erreichen, indem er vor allem Hauptstrassen mied, musste ja scheitern. Eine amerikanischen Patrouille raste mit einem Jeep heran und griff ihn auf. Zuerst wurde er nach Waffen durchsucht, dann drückten ihm die Soldaten einen Spaten in die Hand und machten ihm, wild gestikulierend klar, er solle ein Erdloch ausheben, einen Meter breit, zwei Meter lang. Ein einziger Gedanke schoss ihm durch den Kopf, „ich habe gerade den Russland-Feldzug überlebt, jetzt schaufele ich mein eigenes Grab", er machte sich an die Arbeit, mit zittrigen Händen und weichen Knien.

Es war Ende Mai und mildes Klima, doch die Aufregung liess ihn frösteln, eiskalter Schweiss lief über seinen Rücken. Zwei der Soldaten standen lässig abseits und rauchten, genüsslich zogen sie den süsslichen Duft einer Lucky Strike ein. Der Dritte sah zu, breitbeinig, das Gewehr im Anschlag, geladen und entsichert. Das Erdloch war nun knietief, es könnte für ein Grab schon reichen. Vater sah kurz hoch, dem schätzungsweise gleichaltrigen Soldaten direkt ins Gesicht und wagte die Frage:

„You make bummbumm?"

Der GI guckte verblüfft, für einen Moment war Stille, dann brüllte er los, laut lachend, rief den Kameraden zu, was der „Kraut" vermutlich meinte und sie grölten, klopften sich auf die Schenkel, warfen dann ihren gesamten Müll in die Grube, Konservendosen mit der Aufschrift „Tulip Corned Beef", die Vater am liebsten ausgeleckt hätte, doch nun erleichtert, durfte er die Grube wieder zuschaufeln.

Schliesslich wurde er auf den Jeep geschubst. Nach einer wilden Fahrt über Feldwege landete er in einem Lager bei Sandhofen. Hinter Stacheldraht, streng bewacht, wurden die Männer zusammengetrieben für einen Sammeltransport mit dem Ziel, Philadelphia, USA. Mehr als 11 Millionen Soldaten gerieten in Gefangenschaft, verteilt auf andere europäische Länder oder Nordafrika. Etwa drei Millionen Kriegsgefangene wurden nach Amerika verschifft. Dieser unfreiwillige Aufenthalt in USA war, verglichen mit anderen Ländern, erträglich und human. Es gab ausreichend Verpflegung, sogar sportliche Aktivitäten innerhalb des Camps waren erlaubt. Je nach Eignung und körperlicher Verfassung wurden die Gefangenen auf den umliegenden Farmen verteilt, wo bedingt durch den Wehrdienst auch die Hilfskräfte fehlten. Ein grosszügiges Angebot in den Vereinigten Staaten zu bleiben, sogar ein eigenes Haus und gutes Einkommen wurde ihm in Aussicht gestellt. Nicht nur wegen des Fachkräftemangels, sondern weil mein Vater durch Fleiss, Ehrlichkeit und Geschicklichkeit auffiel, wurde ihm diese Ehre zuteil. Ohne Nachzudenken schlug er die Chance aus. Niemals würde Papa seine Heimat verlassen und wir wurden nicht gefragt. Der Rücktransport über Grossbritannien und Belgien zehrte seine angesammelten Kräfte wieder auf.

Manchmal durchlebte Vater seine Erinnerungen so intensiv, dass er erschöpft innehalten musste, so entstanden Pausen, die mir heute eine chronologische Wiedergabe erschweren. Durch Betteln und gutes Zureden konnten wir ihn schliesslich bewegen, mit den Berichten fortzufahren. Mit Sicherheit hat er die schlimmsten Ereignisse ausgespart, ja, es gelang ihm zuweilen, gefährlichen Aktionen eine heitere Wendung zu geben.

Einmal habe er sich beim „Austreten" verlaufen und hörte plötzlich Gemurmel und russische Wortfetzen, um ein Haar wäre er in der Dunkelheit im feindlichen

Schützengraben gelandet. Bäuchlings, den Körper tief in die Feldfurchen gedrückt, robbte er zurück zu seiner Einheit. Angesichts der Gefahr reifte der Gedanke ich muss hier raus und so ersuchte er um Heimaturlaub, natürlich mit abschlägigem Bescheid. Jedoch grinste der Vorgesetzte hämisch, wenn Du ein russisches Gewehr erbeuten kannst, dann winkt Fronturlaub! Vater kam vom nächsten Spähtrupp stolz wie Bolle mit einer Kalaschnikow an, der „Spiess" fragte erstaunt, wie es zu der Beute kam, Vater sagte nur trocken:

„Auch der Russe wollte Urlaub....!"

Doch konnten wir auch die Grenzen der Belastbarkeit nachfühlen, wenn nachts aus den russischen Lautsprechern die schmachtende Stimme von Rudi Schuricke über den Schützengräben erklang mit dem damals beliebten Lied
„Heimat deine Sterne",
um kampferprobte Soldaten zu zermürben und heimwehkranke, schluchzende Männer zum Überlaufen zu bewegen. Ein perfides Instrument psychologischer Kriegsführung.

Im Kessel von Stalingrad zerfetzte ein Granatsplitter Vaters Beine. Mit grosser Geistesgegenwart und Anstrengung band er den aufgerissenen Oberschenkel mit seinem Gürtel, (Vater nannte es Koppel) ab, was ihn vor dem Verbluten rettete. Mit letzter Willenskraft konnte er noch einen Sanitäter auf sich aufmerksam machen, wurde von der Front weggeschafft und wachte erst im Lazarett in Apolda wieder auf.

Mutter wurde benachrichtigt und eilte mit mir im Schlepptau dorthin, um dem Schwerverwundeten beizustehen. Züge fuhren mangels Nachschub an Brennstoff unpünktlich oder waren überfüllt. Truppentransporte und Kriegsversehrte hatten Vorrang, sodass eine private Reise ein mutiges und schwieriges Unterfangen war. Noch war nicht sicher, ob ein Bein amputiert werden müsse, da sich Wundbrand ausbreitete und Papa brauchte dringend Zuspruch. Auf der Pritsche liegend und an die Decke starrend, fühlte Vater wie eisige Kälte von den Zehenspitzen langsam nach oben kroch und hielt eine vorbeihuschende Krankenschwester am Schürzenzipfel fest, bevor er erneut das Bewusstsein verlor. Längst waren Schmerzmittel und Verbandsmaterialien in den Lazaretten aufgebraucht. Ärzte und Schwestern waren machtlos im Kampf gegen das Sterben. Bettgestelle und Pritschen standen mit den Füssen in Konservendosen, die zur Hälfte mit Petroleum gefüllt waren, um Ungeziefer fernzuhalten.

Als am 6. Juni 1944 **(D-Day)** die Alliierten in der Normandie landeten, hatten die amerikanischen Soldaten bereits Penicillin im Gepäck. Dieses galt als das neue Wunderheilmittel.

"Thanks to Penicillin – He will come home" stand auf einem Werbeplakat des Herstellers, es zeigte die Behandlung eines Verwundeten.

Durchhaltevermögen oder zäher Überlebenswille stärkten Vaters Bewusstsein und immer wieder kreisten quälende Gedanken um die Zukunft, um Frau und Kinder. Würde er seinen Beruf noch ausüben können, wenn ein Bein fehlt? Wie sollte er die eigene Familie dann weiter ernähren? Wieder rettete der ärztliche Noteinsatz sein Leben, wie auch in späteren Friedenszeiten noch einige Male. Das für Tapferkeit im Kessel von Stalingrad verliehene Eiserne Kreuz nannte Vater despektierlich den „Gefrierfleisch-Orden".

Ich sass auf einem Schemel zu Vaters Füssen und hielt mit den Armen seine Beine umklammert, den Kopf an sein Knie geschmiegt und fühlte die harten angeschwollenen Narben. Vielleicht half es Vater ja doch durch das Erzählen die Erinnerungen aufzuarbeiten und sich viel Belastendes von der Seele zu reden.

Oft gab er sich selbst der Lächerlichkeit preis, um seine Kameraden bei Laune zu halten. Zum Marsch befahl der Spiess: Kompanie – *ein Lied zwo drei vier -* und Vater stimmte an: Blutrote Rosen, eine beliebte Melodie ohne Zweifel, jedoch im Dreivierteltakt, zum Marschieren ungeeignet. Die Strafe dafür lautete: im

Dauerlauf mit Marschgepäck dreimal die Kompanie umrunden.

Immer wieder dachte sich Papa zur Aufmunterung mit viel Phantasie neue Geschichten aus. Gerne schmückte er das Märchen von der Stadtmaus und Feldmaus mit Übertreibungen wie in einem Comic-Heftchen.

In seiner Version trug die Stadtmaus Verhaltensmerkmale zur Schau, wie sie heute nur von gewissen Damen praktiziert werden, die noch keine Hotline haben. So tippelte die Stadtmaus auf roten High-Heels, das Handtäschchen schwenkend am Strassenrand, während die pummelige Feldmaus, so gar nicht auf städtische Betriebsamkeit vorbereitet, ängstlich über das Pflaster stolperte und dabei fast im Gully landete. Möglicherweise liess Vater hier Erfahrungen und bildhafte Eindrücke einfliessen, die er aus dem Frankreich-Feldzug mitnahm.

Wenn er im Freundeskreis über die Stationierung in Paris sprach und dermassen ins Schwärmen geriet, so dass meine Mutter grosse Augen machte, verhielt ich mich wie immer im Beisein von Erwachsenen mucksmäuschenstill, sass malend unbeobachtet in meiner Ecke und dachte so für mich, jetzt bloss nicht auffallen, sonst schicken sie mich allzufrüh ins Bett.

Aber dann waren andere Geschichten zu hören, nämlich, dass man ihm sogar hinter der geöffneten Türe zu Notre Dame, wo niemand derartiges vermutet, ganz besondere künstlerisch wertvolle Abbildungen angeboten habe, von denen man in Deutschland nur träumen könne.

Im Vergleich mit den Titelseiten der Zeitschriften, die heute an jedem Kiosk für alle gut sichtbar hängen, waren die alten Postkarten mit leicht bekleideten Damen in „Reizwäsche" angesichts heutiger Dessous eher harmlos.

Paris muss ihn wohl sehr beeindruckt haben, noch viele Jahre später summte er sein Lieblingslied:

La Vie en rose.

Geschichten aus dem Alltag

Die glückliche Heimkehr hatte zunächst einmal einen grossen Nachteil: Ich wurde aus dem elterlichen Schlafzimmer entfernt.

Vorbei war es mit dem Privileg, im grossen Bett, an Mutti gekuschelt einschlafen zu dürfen. In vielen Familien war es durchaus gang und gäbe, dass Erwachsene und Kinder, der Wohnungsnot und Kälte wegen, die Schlafstätten teilen mussten. Wir haben in absoluter Vertrautheit miteinander geflüstert und Geschichten erzählt auch zur Ablenkung von Hunger und eisiger Kälte.

Ein Ziegelstein, aus der Ruine nebenan, wurde im Backofen aufbewahrt und diente mit Tüchern umwickelt als Wärmespender. An ganz frostigen Tagen liess Mutter das schwere gusseiserne Bügeleisen langsam über das Leintuch gleiten, um das Bett ein wenig vorzuwärmen.

Also wurde im Freundeskreis nach einer Liege, einem Kinderbett oder ähnlichem gesucht und schliesslich erhielten wir ein Sofa, das anderswo entbehrlich war. Das völlig ausgeleierte Ungetüm hatte auch schon einmal bessere Tage gesehen. Plüschrosen, purpurfarben mit blassgrünen Blättern rankten sich im Aubusson-Stil auf braunem Grund über dem wuchtigen Kanapee, jedoch war der Stoff bereits so dünn und durchgescheuert, dass die Sprungfedern in den Hintern stachen.

Nach den ersten unruhigen Nächten wussten wir, weshalb wir dieses Sofa als Spende bekamen: Wanzen und Flöhe hatten wir damit eingeschleppt. An Einschlafen war nicht zu denken, sobald etwas auf der Haut krabbelte.

Bei Licht konnte man die Wanzen auf dem weissen Leintuch gut erkennen und ich bewaffnete mich mit Stecknadeln aus Mutters Nähkorb und piekste die Plagegeister damit auf. Jede einzelne rotbraune Wanze als Trophäe auf der Tapetenkante, wie an einer Pinnwand. Kopfläuse waren in diesen Tagen weit verbreitet und die amerikanische Besatzungsmacht war mit Entlausungspulver nicht gerade zimperlich. Mutti versprach, auf dem Schwarzmarkt nach einem Läusekamm zu suchen.

Eigener Herd ist goldes Wert

Dieser Spruch schwebte in hellblauen Kreuzstichen gestickt auf einem Wandbehang über dem Chaiselongue, das in der Küche stand. Daneben befand sich ein für heutige Verhältnisse über-dimensionaler Küchenherd mit weisser Vorderfront aus Emaille. Eine umlaufende Chromstange diente der Sicherheit, damit man der Hitze nicht zu nahe kam. Ebenfalls aus blankem Chrom blitzte auf dem Herd ein Wasserbehälter mit Deckel, das so genannte „Schiff" so stand warmes Wasser gleich zur Verfü-gung.

Hin und wieder stocherte Mutter im Feuer mit einem Schürhaken, der einsatzbereit an der Chrom-stange hing, indem sie die Ringe beiseite schob. An der unteren Seite des Ofens konnte man auf Rollen einen Kasten hervorziehen, der eigentlich mit aus-reichend Brennmaterial gefüllt sein sollte. Auch das schwere gusseiserne Bügeleisen stand am äusseren Rand des Herdes.

An Waschtagen wurde ein riesiger Kessel auf dem Herd platziert, die grosse Wäsche eingeweicht und zum Kochen gebracht, welch eine Mühsal. Im Som-mer und Herbst diente der Topf, mit einem zusätzlichen Loch-Einsatz, dem Einwecken von Früchten, oder Gemüse in Gläsern mit Gummiringen.

Ein weiterer Wandbehang hing rechts vom Küchenfenster, unterhalb eines Spiegels, darunter verbargen sich Geschirrtücher und Handtücher. „Morgenstund hat Gold im Mund" stand in zierlichen Kreuzstichen auf weissem Leinen.

Ein netter, aber nutzloser Versuch uns aufzumuntern. Mutter hatte einen schier unerschöpflichen Vorrat an Zitaten, die sie gerne bei vielen Gelegenheiten einstreute.

Zahlreiche Redensarten wurden durch den Volksmund überliefert; teilweise handelt es sich auch um Redewendungen und Zitate aus der Bibel. Andere „geflügelte Worte" stammen aus der klassischen Literatur, hier einige Beispiele:

Einem geschenkten Gaul schaut man nicht ins Maul

(ursprünglich lateinisches Sprichwort, Einleitung zum Kommentar eines Epheserbriefes, 400 n. Chr.)

Der brave Mann denkt an sich selbst (bis) zuletzt,

(Schiller, Tell) jedoch haben wir ( ) in der Schulzeit gerne ergänzt

Es ist noch nicht aller Tage Abend
geht zurück auf Geschichtsschreiber
Livius *59 v.Ch.
Martin Luther benutzte das Sprichwort
für tröstende Briefe.

Man soll das Fell eines Bären nicht teilen,
bevor er erlegt ist
(aus dem Mittelalter)

Ähnliches aus der englischen Umgangssprache:
Don´t count Your chickens before they hatch.

Du sollst den Tag nicht vor dem Abend loben
(literarischer Beleg beim Rokoko Dichter Hagedorn,
„der Zeisig")

Geteiltes Leid ist halbes Leid,
geteilte Freude ist doppelte Freude

Quäle nie ein Tier zum Scherz,
denn es fühlt wie du den Schmerz !

Was du heute kannst besorgen, das verschiebe nicht auf morgen

abgewandelt an der Weinstrasse: was Du heute kannst entkorken ...

aus dem heutigen neuen Wortschatz:

Nobody is perfect

Antwort: my name is Nobody

Hier zum Abschluss Goethes Faust:

Der Worte sind genug gewechselt, lasst mich auch endlich Taten sehen.

„Ein Sprichwort ist ein kurzer Satz, der sich auf lange Erfahrung gründet".

(Miguel de Cervantes)

Amerika du hast es besser...

Der Anfang dieses Gedichtes von Johann Wolfgang von Goethe war damals in aller Munde, wurde jedoch inhaltlich falsch interpretiert!

Als 1946 die ersten Care-Pakete eintrafen, vermutete man – gemessen an der Qualität und Auswahl der gespendeten Lebensmittel, - dass im fernen Amerika nur Milch und Honig fliesse, diese seltenen Gaben waren für die glücklichen Empfänger der pure Luxus. Tatsächlich aber mussten die Spender (anfangs amerikanische Bürger mit deutschen Wurzeln), die ihren Verwandten helfen wollten, an die US-Hilfsorganisation:

„**C**o-operative for **A**merican **R**emittances to **E**urope" (CARE) 10 $ pro Paket bezahlen.

Die Vereinigten Staaten von Amerika war die erste Nation, die den Deutschen eine versöhnliche und hilfreiche Hand darboten, um die Not der Bevölkerung zu lindern. Diese humanitäre Geste hatte aber auch politische Hintergründe.

Mitleid oder gar Verbrüderung war nicht erwünscht.

In dem Ausbildungsfilm *„No Fraternisation"* der US Army aus dem Jahr 1945 lauten die Warnungen und Ermahnungen:

Deutschland scheint geschlagen. Du siehst Ruinen, du siehst Blumen, du siehst schöne Landschaften. Lass dich nicht verwirren, du bist in Feindesland. Sei auf der Hut, sei misstrauisch; jeder Deutsche kann eine Gefahr sein. Es darf keine Fraternisierung geben. Fraternisierung heisst sich Freunde machen, aber die Deutschen sind nicht unsere Freunde. Sie können nicht kommen und ihre Hand ausstrecken und sagen: Es tut uns leid. Es tut ihnen nicht leid, dass sie den Krieg verursacht, sondern dass sie ihn verloren haben.

Das Dekret der westlichen Alliierten dauerte bis Oktober 1945. Danach wurde die Besatzungspolitik der USA durch eine neue Richtlinie bestimmt mit dem Ziel:

„Umerziehung der deutschen Bevölkerung zu einem demokratischen Mitglied der Völkergemeinschaft."

Bald hatte die amerikanische Militärführung erkannt, dass von der deutschen Bevölkerung keine Gefahr ausging, so kam es zu den ersten Annäherungsversuchen auf beiden Seiten.

Mutter konnte bei einer amerikanischen Familie arbeiten, um unsere wirtschaftliche Not zu lindern. Ihre hauswirtschaftlichen Kenntnisse wurden sehr geschätzt. Während einfache Soldaten in Zeltlagern kampierten, bezogen die Offiziere der US Army die besten Villen der Stadt. Hierbei handelte es sich um ehemalige Prachtbauten, vorwiegend aus der Gründerzeit. Sie wurden bereits vor dem Krieg von jüdischen Familien verlassen. Zuerst konfiszierten Nazi-Bonzen diese Immobilien und bereicherten sich samt und sonders des wertvollen Inventars. Nun wurden die Residenzen von der Elite der US Army okkupiert. Auf dem zuvor gepflegten Parkettboden hinterliessen die schweren Militärstiefel zahlreiche Spuren.

Um dieses, vom alliierten Bombenhagel verschonte Villenviertel in der Oststadt zu erreichen, war von unserem Wohngebiet ein Fussweg von drei Kilometern erforderlich und ich war schon rechtschaffen müde bei unserer Ankunft. Während Mutter im Salon das Chaos der Party vom Vortag beseitigte, wurde ich in der Küche der Villa fürstlich bewirtet. Mein erstes „Hot Dog" mit braunen Bohnen, garniert mit einer dickflüssigen roten Sosse, genannt Ketchup, war eine unbekannte, seltsame Kombination und ein neues Geschmackserlebnis.

Aber endlich, einmal am Tag ein wohltuendes Sättigungsgefühl und der erste Eindruck was damals the „American way of life!" bedeutete.

Heute wissen wir:

Heinz Tomato Ketchup, das bekannteste Produkt des Unternehmens wurde bereits 1876 entwickelt. Die Wurzeln der Familiendynastie Heinz sind in der pfälzischen Gemeinde Kallstadt zu finden.

Mutti lernte eifrig mit der Dame des Hauses die für uns wichtigsten Begriffe der englischen Sprache, bread, milk and suggar. Für ihre Dienste wurde sie mit Bohnenkaffee und Lucky Strike entlohnt. Eine gute Währung, für nur eine Zigarette konnte man ein Kilo Kartoffeln eintauschen. Sechs Zigaretten hatten den Gegenwert von einem Laib Brot.

Zuweilen gab es als besonderes Dankeschön für die ehrliche Arbeit obendrein die wunderbare Lifebuoy Seife, die einen intensiven herben Duft verströmte, wie wir ihn aus Arztpraxen kennen. Tatsächlich hat dieses Seifenstück, (übersetzt „Rettungsring") eine antibakterielle Wirkung.

Die jungen deutschen Frauen sehnten sich gerade-zu nach etwas Luxus, vor allem Nylonstrümpfe waren heiss begehrt. Ebenso erhoffte sich so mancher heim-wehkranke GI etwas Zuwendung und zeigte sich grosszügig und spendabel.

In einem Leserbrief an die New York Times schrieb ein US Soldat:

„If I wanted a girl, I had only to stop my Jeep."

Man sprach vom *deutschen Fräuleinwunder.*

Auch mein Bruder wollte seinen Teil zur Versorgung beisteuern. Fleissig pickte er Zigarettenstummel vom Fussboden auf. Vorsichtig löste er das Papier ab und sammelte den restlichen Tabak. Die Krümel rollte er dann wieder in neuem Papier zu einer Zigarette.

Viele Erwachsene bückten sich, um die Glimmstengel aufzuheben, die von den Soldaten achtlos weggeworfen wurden. Zu unserer Verwunderung waren die Kippen nur halb geraucht, denn der Nachschub für die amerikanischen Soldaten war bestens geregelt. Oft hörte man in Stammtischrunden ein Spottlied nach der Melodie von *Sentimental Journey:*

Daddy look, dort vorne liegt ne Kippe, hol sie Dir sonst ist sie weg,

nassgelutscht von dicker Negerlippe, * *hol sie Dir sonst ist sie weg.*

(*damals noch nicht politisch unkorrekt)

Meine Zeitgenossen werden sich an den Genuss der ersten Tafel Schokolade erinnern: „Hersheys", in braunem Glanzpapier mit silberner Aufschrift, wir dachten es kann nichts besseres geben. Vierzig Jahre nach diesem Leckerbissen konnte ich mir eine USA-Reise leisten. Voller Erwartung durchstreifte ich im Supermarkt die schier endlosen Regalreihen mit unzähligen Schokoladenmarken und tatsächlich entdeckte ich die Sorte in unveränderter Verpackung wieder, kleine Barren, braunsilber. Man sollte meinen, ein Produkt, das sich trotz wachsender Mitbewerber so lange im Markt behauptet, bleibt von bester Qualität. Weit gefehlt, vermutlich wird in der Erinnerung das Geschmackserlebnis verklärt. Diese Kostprobe war eine herbe Enttäuschung.

Schon bald hatte Mutter das Vertrauen der amerikanischen Familie gewonnen und wurde regelmässig engagiert. Zuhause funktionierte Vater während ihrer Abwesenheit die Küche zur Schreinerwerkstatt um. Von nun an war in allen Ritzen Sägemehl zu finden. Hobelspäne in lustigen Formen, zu Spiralen gedreht, wie kleine Engelslocken flogen nur so durch die Luft.

Damals gab es noch gemütliche Wohnküchen, mit ausreichend Raum für einen grossen Essplatz, an dem sich die Familie versammelte. Nun wurden die Möbel etwas zur Zeite geräumt und Vater stellte Böcke auf. Mit unbeschreiblichem Stolz durfte ich die Bretter halten, die Vater zurechtsägte. Allerdings blieben davon oft Holzsplitter in der Handinnenfläche stecken. Oh jeh, dann kam das Jammern. Im Seifenbad wurde die Hand eingeweicht, später die Haut mit einer feinen Nähnadel aufgestochen und die Spreisel entfernt. Trotzdem wurden die kleinen Hilfeleistungen fortgesetzt.

Dank der präzisen und qualitativ hochwertigen Arbeiten konnte Vater neue Kunden hinzugewinnen und fertigte Kleinmöbel in jeder freien Minute, ohne Rücksicht auf seine schmerzhaften Kriegsverletzungen zu nehmen.

Beliebt waren bis Mitte der 50er Jahre Etagéren für Blumentöpfe und Nierentische, beide mit Messingband umrahmt. Besonders begehrt waren damals die sogenannten Rauchtische. Vater bemalte die Unterseite der Glas-Tischplatten mit schwarzer Farbe, was sehr elegant aussah und obendrein auch pflegeleicht war.

Ehemalige Kriegskameraden hielten auch in der Nachkriegszeit zusammen und „schoben" sich gegenseitig Aufträge zu. Papa baute Regale und Schränke für das wieder eröffnete Elektrogeschäft eines Freundes und erhielt als Lohn ein Radiogerät, einen reparierten DKE, den deutschen Kleinwellenempfänger. Es war uns Kindern strengstens verboten, die Knöpfe anzufassen.

Wir hörten mit, was Mutti tagsüber hören wollte, frühmorgens leichte Klassik und Mutti summte gerne die Toselli Serenade mit, oder bekam feuchte Augen beim Lied Ännchen von Tharau. Punkt 12.00 Uhr folgten die Nachrichten, im Anschluss daran Wetter- und die Wasserstandsmeldungen für Rheinschiffer.

Letzter Teil und ein enorm wichtiger Teil der Nachrichtensendung waren die aktualisierten

Suchmeldungen des Deutschen Roten Kreuzes.

Eine Namensliste die nicht enden wollte. Es war sehr bewegend, denn jeder einzelne Name bedeutete ein schlimmes Schicksal. Aufgabe des DRK war, durch diesen Suchdienst ausgebombte, vermisste, verschleppte und heimatvertriebene Menschen, wieder ihren Familie zuzuführen, oder für Waisenkinder eine Heimstelle zu finden.

An öffentlichen stark frequentierten Gebäuden, beispielsweise an Bahnhöfen oder Meldestellen waren Namenslisten und Bilder von vermissten Personen angebracht.

Über ganz Europa verteilt, waren 30 Millionen Menschen ohne Heimat. Durch das DRK konnten 16 Millionen ihre Angehörigen wieder finden.

Im Jahr 1946 wurde es dem Deutschen Roten Kreuz erstmals ermöglicht, in russischen Gefangenenlagern Postkarten zu verteilen. Es war den Gefangenen erlaubt, einige Zeilen als erstes Lebenszeichen an die Angehörigen zu richten. Die Anzahl der

Worte war begrenzt und die Zensur strich alles, was ihr nicht gefiel.

Zwischen Oktober 1955 und Januar 1956 kamen tausende Kriegsgefange aus sowjetischen Arbeitslagern frei. Nach der Aufnahme diplomatischer Beziehungen mit der Sowjetunion wurde zwischen Konrad Adenauer und Nikolai Bulganin über die Ausreise der letzten 10.000 Gefangenen verhandelt. Mütter und Ehefrauen standen am Bahnhof in *Friedland*, um die Heimkehrer zu begrüßen.

Manche von Ihnen hielten Fotografien und Zettel mit dem Text: ..."wer kennt...?" den Ankömmlingen entgegen. Während einige sich im Glück umarmten, erlosch bei den zutiefst Enttäuschten der letzte Funke Hoffnung auf ein Wiedersehen.

Erschütternde Szenen spielten sich auf den Bahnsteigen ab. Aus den Fenstern der Abteile lehnten sich dicht gedrängt die Heimkehrer und suchten mit sehnsüchtigen Blicken nach ihren Angehörigen. Die Aussenwände der Waggons waren mit Aufschriften versehen wie „Heimat sei gegrüßt" oder „Heim zu Muttern".

Mit viel Zuversicht träumten alle von einem besseren Leben. In manchen Familien hatten sich aber auch Ehepaare entfremdet. Frauen waren zwangsweise Alleinernährer, sie gewannen dadurch an Selbstständigkeit und nun aber wollten die heimgekehrten Ehemänner das alte gewohnte Rollenbild wieder übernehmen.

In seiner Silvesteransprache 1949 ermahnte Bundespräsident **Theodor Heuss** seine Mitbürger, „gerade den späten Heimkehrern eine sonderliche Stütze zu geben, damit ihre Hoffnung auf das neue und freie Leben nicht in Enttäuschungen zerrieben werde". (Zitat)

Landluft

die letzen Kriegstage

Alle waren aufgeregt, denn eine Reise mit dem Zug stand bevor, wir wurden evakuiert!

Wovon wird Eva kuriert? Ich verstand gar nichts und meine Geschwister lachten mich wieder einmal aus.

Also rollten wir, zusammen mit anderen Familien, in der Holzklasse eingepfercht, zwischen Kinderwagen, Rucksäcken und Koffern, dem unbekannten Ziel Mühlhausen im Elsass entgegen.

Unsere Mutter nahm die letztmögliche Gelegenheit der angebotenen „Evakuierung" wahr, um der Bombardierung zu entfliehen und wie recht sie hatte. Während unseres Aufenthaltes im sicheren ländlichen Gebiet, wurden 25.000 Tonnen Bomben über unserer Heimatstadt abgeworfen, da die Innenstadt in Quadrate eingeteilt ist, war sie nahezu ein perfektes Ziel wie im Raster und bot ideale Bedingungen für das Üben der Bombardements anhand von Luftbildern.

Unser Bestimmungsort im Elsass hiess Altkirch, um genau zu sein ein Ortsteil namens Dannemarie. In dieser kleinen Gemeinde wurden wir einer Gastfamilie zugeteilt.

Zum ersten Mal kam ein wenig Farbe in unser Leben und auch eine leise Ahnung von einer anderen Kultur und von der unbeschwerten charmanten Lebensart, dem französischen *„savoir-vivre!"*

Aus meiner Erinnerung nachskizziert:

das Geburtshaus von Albert Schweitzer in Kaysersberg.

Vor uns ausgebreitet lag eine Dorfidylle wie aus einem Bilderbuch, geschaffen als Theaterkulisse einer Operette, vielleicht Schwarzwaldmädel oder für eine Märchenaufführung. Malerisch, um den gepflasterten Dorfplatz gruppiert, bildete ein Ensemble aus Fachwerkhäusern den Hintergrund. In der Mitte plätscherte ein Sandsteinbrunnen, leise untermalt vom Zwitschern der Dorfschwalben.

Nicht allein der Brunnen war Treffpunkt der Landfrauen, vielmehr strebten die Frauen mit geflochtenen Körben am Arm auf den heimischen Kolonialwarenladen zu, begrüssten einander herzlich mit dreifach hingehauchten Wangenküssen.

Niemals werde ich diese eigenartige Mischung aus Düften vergessen, die dem kleinen Krämerladen innewohnten. Im Halbdunkel und auf den ersten Blick schien alles ungeordnet, ja chaotisch aufgebaut. Da lag am Rande der Theke ein Barren Kernseife, je nach Bedarf wurde davon abgeschnitten. Neben Gemüsekörben lagerte Waschpulver, auf offenem Regal befand sich ein honiggelber Käselaib, so gross wie ein Wagenrad, daneben Münsterkäse von ausgeprägter Reife, der bereits aus eigenem Antrieb der Ladentüre zustrebte; im Fach darunter Bohnerwachs und Schuhputzcreme, auf dem Boden stand ein Bottich aus Steingut, dunkelbraun, randvoll mit Choucrout, sowie ein Holzfass mit kleinen würzigen Cornichons und in Holzkisten keimten Kartoffeln und Zwiebeln. Eng aneinander gelehnt standen mehrere offene Jute-säcke mit Hülsenfrüchten, Bohnen, helle und braune, obendrauf lag jeweils eine Metallschaufel zum Entnehmen. Eine Geruchsmischung aus alledem verdichtete sich zu einem einzigartigen Aroma. Auf der Ladentheke stand ein dickbauchiges Glas mit Himbeerbonbons in herrlichem Rot, immer fokussiert von Kinderaugen.

Ab und zu erbarmte sich die Ladenbesitzerin meiner und sie musste lange im Glas herumwühlen, ehe es gelang, von den miteinander verklebten Zuckerbonbons nur eines herauszufischen, als Belohnung für geduldiges Warten. Nachhaltig färbte der rote Farbstoff die Zunge. Wurde die Wartezeit so verkürzt, konnte der Dorftratsch mit ihren Kundinnen weitergehen. Zugleich erfüllte das Bonbonglas den Zweck, den Blick und den Zugriff in die Ladenkasse zu verhindern. Diese messingfarbene Registrierkasse hatte seitlich eine Kurbel und sobald daran gedreht wurde, ertönte ein Klingelgeräusch und heraus kam, ausgelöst durch diesen Mechanismus, das Herzstück der Kasse, eine Schublade mit Wechselgeld.

Es dauerte einige Wochen, bis wir mit der Elsässer Mundart vertraut waren, nur manchmal wurden wir ausgegrenzt, wenn es um die Erfolge der Résistance ging, dann parlierten die Dorfbewohner nur noch französisch miteinander.

Hinter der Ladentheke stapelten sich unzählige Schubladen bis zur Decke. Vollgestopft mit Nähgarn in allen Farben, Knöpfen, Gummilitze und sonstigen Kurzwaren. In diesem Reich zuhause und kundig, befleissigten sich zwei liebenswürdige schon betagte, reizende Damen, jeden Kundenwunsch zu erfüllen. Die Ansprüche der Dorfgemeinschaft an das Sortiment waren ohnehin nicht sehr hoch, schliesslich war man auf dem Lande weitgehend Selbstversorger.

Man fand mich oft am Ladeneingang auf den Stufen sitzend, den kleinen Rauhaardackel der Besitzerin auf dem Schoss und lutschte, wohl aus Langeweile an dessen Schwanzspitze, was er sich gerne gefallen liess, sehr zur Belustigung der Kundschaft.

Vielleicht hat diese etwas unhygienische Umgebung sogar die Abwehrkräfte gestärkt.

Entlang der Hauptstrasse reihten sich Bauerngärten aneinander in bunter Blumenmischung. Rittersporn, Stockrosen, Sonnenhütchen und Malven schufen eine Farbpalette von impressionistischer Leichtigkeit. Weinlaub oder Spalierobst säumten die Hofeinfahrten mit breiten Wegen, so dass ein Ochsengespann oder Heuwagen zu den offenen Scheunen leicht passieren konnte.

Ausgedehnte Nutzgärten und Streuobstwiesen lagen verborgen im Hintergrund der Gehöfte, wo auch Gänse schnatterten und sonstiges Federvieh reichlich Auslauf fand. Im nahen Dorfteich schaukelten Enten und zogen ihre Jungen hinter sich her, aufgereiht, wie an einer Perlenschnur, ehe sie hinter dem schützenden Schilf verschwanden.

Über die saftigen Wiesen, von munterem Bächlein durchfurcht, wateten Störche und klapperten zufrieden, denn ihr Tisch war reich gedeckt.

Die Sommerluft flimmerte und wir fanden uns in einer heilen Welt wieder. Aus den Hecken erklangen Vogelstimmen, ansonsten war es wohltuend still.

Meine Empfindung spiegelt sich authentisch wider in Beethovens 6. Symphonie. Die „Pastorale" ist eine musikalische Liebeserklärung an die Natur; der erste Satz: Allegro ma non troppo, (das Erwachen heiterer Gefühle bei der Ankunft auf dem Lande) lässt noch nichts erahnen von dem drohenden Gewitter (im vierten Satz), das auf uns alle wartete!

Von allen Familien, die mit uns angereist waren, fanden wir das unscheinbarste Quartier. Ein Obolus, den die deutsche Regierung den Gastfamilien in Aussicht stellte, sollte die Aufnahme erleichtern. Doch die Einquartierung war eine unliebsame Massnahme, um das Budget aufzubessern und noch fraglich, ob die Stadtmenschen als Erntehelfer den erhofften Nutzen brächten.

Ein etwas heruntergekommener Bauernhof, von einer Witwe und ihren beiden Söhnen bewirtschaftet, bot uns Unterkunft. In deren unermüdlichem Einsatz für das tägliche Leben, Hausarbeit, Garten- und Feldarbeit, Versorgung von Milchkühen und Federvieh, Stall ausmisten und vieles mehr, kam die eigene Körperpflege zu kurz. Henry der älteste Sohn fuhr sich am Morgen mit der nassen Hand mal eben kurz über das Haar und setzte die Mütze wieder auf, das war die Morgentoilette. Alle rochen nach Schweiss und ungewaschenen alten Klamotten. Auch schien Zahnpflege völlig unbekannt, jeder hatte nur noch vereinzelt stehende braune Stummel im Mund.

Während des kurzen Frühstücks tropfte der geräuschvoll geschlürfte Milchkaffee, „*Muckefuck*" genannt, wieder aus den Mündern zurück in die Tasse. Anfangs kämpfte Mutti tapfer gegen ihre Übelkeit an. Es war nicht angebracht, sich über die unhygienischen Zustände zu echauffieren, wir waren Gäste und auch nur geduldet.

Das betagte Fachwerkhaus mit auffallend spitzem Giebel hatte weder Wasserversorgung noch Toilette im Haus. Ein Steintrog mit Brunnen und Handpumpe vor der Küchentüre diente als Waschgelegenheit. Als Mittelpunkt aber im U-förmig angelegten Innenhof türmte sich genau vis à vis ein riesiger dampfender Misthaufen der täglich wuchs, nachdem Henry die unvermeidlichen Abfallprodukte aus dem Kuhstall schubkarrenweise wieder aufhäufte. Grünbraune stinkende Rinnsale durchzogen den Lehmboden, so dass man gezwungen war, im Zick-Zack-Kurs, den strohbedeckten Boden der Remise zu erreichen, auf der Suche nach versteckten Hühnereiern, oder um dem „Donnerbalken" im Haus mit dem Herzchen an der Türe, einen Besuch abzustatten.

Auch mein Bruder sollte sich nützlich machen und Kühe hüten, was er nur widerwillig tat, aber er nutzte die Gelegenheit, um die Stimmung des Sommertages auf seinem Malblock festzuhalten. Die saftigen Gräser standen hoch, Bienen summten und Grillen zirpten, Schmetterlinge schaukelten in der Luft von Blüte zu Blüte; erschöpft legte mein Bruderherz sein Hemd ab, damit es auch ja keine Grasflecken gab, streckte sich daneben genüsslich aus. Über ihm spannte sich ein azurblauer Himmel und er sah verträumt den Wolken nach, dann fielen ihm die Augen zu. Eines der ihm anvertrauten Rindviecher trottete herbei, um in aller Ruhe sein einziges Baumwollhemd aufzufressen. Es gab ja auch für einen Jungen aus der Stadt so viel Neues zu entdecken.

Sein Interesse galt den kleinen, für uns Stadtkinder nicht so sehr vertrauten Lebewesen, wie Schnecken oder Feldmäusen, mit denen er sich die Hosentaschen vollstopfte. Mit Eifer sammelte er Frösche in Eimern, stapfte mit den wirklich mühsam beschafften neuen Lederschuhen in den Dorfteich, was ihm eine Tracht Prügel einbrachte, „wer nicht hören will muss fühlen". Mutters Sprichwort wurde wieder einmal verifiziert.

Die körperliche Züchtigung liess er klaglos über sich ergehen, doch plötzlich war der Eimer mit den Fröschen verschwunden. Aus dem Nachbarhaus aber wehte ein Duft von frischen in Petersilie-Knoblauch-Butter gebratenen Grenouilles, da heulte er bitterlich. Es war seine feste Absicht, den Tierchen wieder die Freiheit zu schenken, er wollte sie eigentlich nur betrachten und naturgetreu abzeichnen.

Mutter machte sich in Haus und Garten nützlich, anfangs von der Hausherrin misstrauisch beäugt. Im Gegensatz zum äusserlichen Verfall war die Inneneinrichtung des alten Fachwerkhauses gediegen und ansehnlich. Leider hatte sich der Untergrund abgesenkt, so dass sich alle Möbelstücke irgendwie in Schieflage befanden. Insbesondere des nachts hatte man das Gefühl aus dem Bett zu kullern. Das tägliche Leben spielte sich ohnehin im Bauerngarten oder in der grossen Wohnküche ab.

Die gute elsässische Bauernstube, so gross wie ein Tanzsaal, mit breiten, gewachsten Dielen wurde während unserer Anwesenheit nie genutzt, es gab ja auch keinerlei Anlass. Dunkle Holzvertäfelungen mit eingelassenen Sitzbänken ringsum zierten die Wände. Den Abschluss bildeten Tellerborde, auf denen sich Soufflenheimer Keramik stapelte, handbemalt mit Gänseblümchen. Die bunten Teller und Krüge machten den Raum freundlich und unterstrichen das ländliche, traditionelle elsässische Ambiente.

Ein Bauernschrank aus Wurzelholz mit schöner Maserung, innen gut bestückt mit spitzenverzierter Tischwäsche, blütenweiss und gestärkt, daneben stand eine Kredenz mit gedrechselten Säulen, all dies zeugte von längst vergangenen besseren Tagen.

Unsere Gastgeberin buk im Dutzend den berühmten Gugelhupf auf Vorrat für Ihre Söhne und auch wir durften daran teilhaben. Leider wurde das zarte, luftige Backwerk in den zuvor beschriebenen Wäscheschränken aufbewahrt, wobei der Napfkuchen rasch das typische Naphthalin-Kampfer-Aroma der reichlich vorhandenen Mottenkugeln aufsaugte.

Nur durch Eintunken in die mit heisser Milch ge-füllten „Bols" konnte man den traditionellen elsässischen Hefekuchen mit Mottenkugelgeschmack herunterwürgen.

Wir hatten keine Wahl, es gab nichts anderes.

S´isch Zit

Es ist Zeit, sagte unsere Gastgeberin im Elsass und meinte damit, höchste Zeit zum Kofferpacken. Da es weder ein Radiogerät noch Telefon gab, erfuhr also Madame Dietrich in besagtem Krämerladen die wichtigsten Neuigkeiten. Die Rückeroberung der besetzten Gebiete hatte begonnen und wir mussten schnellstmöglich den verträumten Ort verlassen.

Wir suchten Zuflucht bei unserer Lieblingstante Maria, liebevoll Maja genannt, sie war Mutters ältere Schwester und empfing uns in Landstuhl mit offenen Armen. Sie selbst blieb kinderlos und verwöhnte uns, wo immer es ging.

Später legte Tante Maja auch den Grundstock für unsere Aussteuer. Bereits zur Feier der ersten heiligen Kommunion erhielten wir ein Essbesteck, das später regelmässig ergänzt wurde, im Glücksfall auch weiter vererbtes Tafelsilber, oder Bett- und Tischwäsche aus feinstem Damast.

Es war damals gang und gäbe, dass junge Mädchen frühzeitig für den späteren Ehestand Aussteuer-Truhen bestücken mussten, obwohl sie insgeheim ganz andere Wünsche hegten. Einen Lippenstift oder einen

Flakon mit 4711, das begehrte das Herz eines „Backfischs". Die Bezeichnung „Teenager" war noch lange nicht in unserem Wortschatz angekommen. Spätestens ab 1950 wurden jungen Mädchen überwiegend praktische Geburtstagsgeschenke überreicht. Zu den Sammeltassen gesellten sich stapelweise Frottierhandtücher, oder Tortenplatten. Auch manches Brautpaar musste sich an einer Überzahl an Blumenvasen erfreuen. Heute wird das Schenken durch die Gestaltung eines Hochzeitstisches mit breitem Sortiment erleichtert. Da in den Fachgeschäften, das junge Paar die Küchenutensilien und Dekorationen nach eigenem Bedarf und Geschmack auswählen kann.

Wir rückten also im Haus von Tante Maja enger zusammen, teilten die magere Ernte aus ihrem kleinen Garten und fühlten uns geborgen. Unmittelbar hinter dem Haus begann schon der Wald, wir liebten die Streifzüge durch das Unterholz auf der Suche nach Heidelbeeren und wurden nach ausgiebigem Naschen der Früchte liebevoll „Bloomäuler" genannt. Oft führte der Weg zur Burg des Franz von Sickingen, die hoch oben über den Dächern der Altstadt thront.

In dieser gemütlichen Kleinstadt wuchs Mutter als jüngstes Kind, mit vier Geschwistern auf und wurde in einer Klosterschule streng erzogen. Schlimmer noch, als die schmerzhafte körperliche Züchtigung, die auch bei den Ordensfrauen als fester Bestandteil der erzieherischen Massnahmen galt, war das Heimweh nach ihrer Familie.

Die religiöse Unterweisung der Schülerinnen war auf fromme und vor allem demutsvolle Haltung der Kinder ausgerichtet. Es wurde mehr gebetet als gelernt. Bei unbotmäßigem Verhalten kündigten die Erzieher Sanktionen an.

Es liegt auf der Hand, dass sie durch den Besuch dieser Lehranstalt nur ungenügend auf das Leben in der Grossstadt vorbereitet war. Junge Mädchen aus der Provinz wurden damals gerne an vermögende Familien vermittelt, quasi als Au-pair-Mädchen, im damaligen Sprachgebrauch hiess es, man geht in Stellung.

Unsere Mutter hatte Glück und fand 1930 Aufnahme in einer angesehenen Familie, deren Oberhaupt, als promovierter Chemiker, in der Badischen Anilin und Sodafabrik tätig war. Ihre vornehmliche Aufgabe bestand darin, der Dame des Hauses zur Hand zu gehen und bei der Versorgung der Kinder behilflich zu sein. Hier wurde in gepflegtem Hochdeutsch, in wohlgesetzten Worten, nie mit erhobener Stimme gesprochen und vor allem war heimatliche Mundart verpönt.

So nebenbei lernte sie den Umgang mit Tafelsilber und die Pflege von wertvollen antiken Möbeln. Der Freundeskreis der Familie war erlesen und in regelmässigen Abständen fanden Soireen statt. Schon bald hatte Mutter Freude daran, der klassischen Musik zu lauschen. Nach den Konzerten wurden delikate Canapés gereicht, während an normalen Tagen die Speisen eher bescheiden ausfielen. Man ass am Abend Butterbrot mit Kirschen, aus dem eigenen Garten, frisch vom Baum oder eingeweckt.

Sie wurde respektvoll wie eine Haustochter behandelt und nicht nur die erlernten hauswirtschaftlichen Kenntnisse kamen uns später zugute, auch achtete Mutter stets auf Etikette.

Mein Bruder machte artig bei einer Begrüssung einen „Diener", also eine kleine Verbeugung und wir Mädchen einen „Knicks", dieses war auch bei einem Dankeschön als Ausdruck guter Manieren erwünscht. Bei den Mahlzeiten hiess es: Ellenbogen vom Tisch, aufrecht sitzen und den Menschen in die Augen schauen. Zudem sollten wir uns nie vordrängen und hatten gefälligst aufzustehen, um in der Strassenbahn älteren Fahrgästen den Platz anzubieten. Die Erziehung gab uns mit, auch in schwierigen Situationen die Contenance wahren.

Diese Passivität hatte durchaus Nachteile bei der späteren schulischen Mitarbeit; wir waren unglaublich *schinant*. Heute schreien Kinder ihr Wissen einfach in die Welt hinaus. Bis wir *das Wort Wurst* gesagt haben, hatten andere dieselbe schon gegessen.

Dann kam Vater ins Spiel.

Er schritt ungeduldig vor dem gepflegten Anwesen auf und ab, während Mutter die ihr anvertrauten Kleinen bettfertig machte. Immer wieder pfiff er seine Erkennungsmelodie: „Liebling komm mal runter" aber Rolfi und Klausi sassen noch auf dem Töpfchen, liessen sich nicht drängen, kamen also im wahrsten Sinne des Wortes nicht zu Potte. Die freie Zeit, die Mutter damals noch zur Verfügung hatte wurde immer kürzer, oft reichte es nur zu einem Abendspaziergang Hand in Hand am Rheinufer.

Eines Abends muss die Zeit doch wohl für mehr als nur ein Rendezvous im Stadtpark gereicht haben, denn mein Bruder kündigte sich an.

Vater suchte nach der ersten gemeinsamen Wohnung, um eine Familie zu gründen. Aber dem jungen Glück wurden grosse Steine in den Weg gelegt. Vater hatte für die Eheschliessung keine gültigen Papiere. Da seine Mutter, also unsere Grossmutter Margarete, mit einem Mann aus dem Elsass liiert war, das nach dem 1. Weltkrieg wieder zu Frankreich gehörte, galt unser Vater als „staatenlos": Er meldete sich freiwillig zum Arbeitsdienst, der 1931 gegründet wurde, als eine Reaktion auf die damalige hohe Arbeitslosigkeit, ausgelöst durch die Weltwirtschaftskrise. Nach Absolvierung des Dienstes zum „Wohle der Allgemeinheit" wurde ihm die deutsche Staatszugehörigkeit in Aussicht gestellt.

Als meine Schwester zur Welt kam, wurde eine grössere Bleibe gesucht, wieder stand ein Umzug an und Vater fand diesmal die ideale Lösung, seiner Meinung nach! Im Haus befand sich eine Bäckerei und zwei Zimmer unserer Wohnung lagen unmittelbar über der Backstube. Vater fand die Lage optimal, vor allem wegen der Heizkostenersparnis und weil er seinen Arbeitsplatz bei den städtischen Verkehrs-betrieben, an der alten Feuerwache vorbei, bequem zu Fuss erreichen konnte. Aber, dass der Backofen auch im Sommer in Betrieb sein musste, davon wollte er nichts wissen und wischte Mutters Protest einfach vom Tisch mit der Bemerkung, die paar Sommer-nächte werden wir schon überstehen. Dieser „Back-stube" möchte ich mich später noch einmal widmen.

Zunächst muss ich nochmals zurückkommen auf das miterlebte Kriegsende in Landstuhl. Hier bei der lieben Tante gab es nämlich ein Radiogerät und ohne es zugeben zu dürfen, hörten viele Erwachsene heimlich BBC London.

Anfangs drehten alle, die das Kriegsende herbei-sehnten den Ton so laut wie möglich, um die Nach-barn zu täuschen. Die Fanfaren aus „Les Préludes" erklangen, als Erkennungsmelodie für den deutschen Wehrmachtsbericht, danach wurde leiser gestellt, am Knopf gedreht, es quietschte und rauschte, endlich waren dumpf die Pauken aus Beethovens Fünfter zu hören, Bumm bumm bumm buuum, als ob das Schicksal an die Tür klopft.

Wer Feindsender hörte, dem drohte die Todes-strafe, doch man musste es einfach riskieren, denn BBC London verkündete bereits, dass die Befreiung kurz bevorstehen würde.

...und wieder Koffer packen

Endlich, der Krieg war vorbei und weisse Fahnen, manchmal auch nur helle Leintücher, hingen an den Fenstern. Dann kamen die ersten Amerikaner, marschierten strammen Schrittes am Haus vorbei, die Stiefel knallten geradezu auf dem Pflaster, so dass es in den engen Gassen widerhallte. Mutti eilte zum Fenster, wagte sich zu weit hinaus, es fiel ein Schuss und schlug genau in der Mitte des Holzrahmens ein, um Haaresbreite hatte die Kugel ihren Kopf verfehlt. Von nun an spähte sie vorsichtiger hinter den Gardinen.

Wir Kinder waren wieder einmal geschockt, da urplötzlich der „schwarze Mann" vor uns stand, wir waren ja gar nicht vorbereitet auf den Anblick der dunkelhäutigen Soldaten und versteckten uns hinter Mutters Rock. Eine ausgestreckte Hand mit einem Riegel Schokolade liess uns zutraulicher werden. Im schwarzen Gesicht blitzte eine Reihe strahlend weisser Zähne und der Bann war gebrochen.

Die Bevölkerung musste sich dem Schicksal ergeben und an die „Besatzungsmacht" gewöhnen. Doch schon bald entwickelte sich Hilfe auf Gegenseitigkeit, denn die Uniformen mussten gewaschen und gebügelt werden. Die deutschen Frauen bekamen dafür nicht nur Kernseife sondern auch kostbare Lebensmittel. Erst in den später ausgebauten Kasernen waren die Armeeangehörigen Selbstversorger.

Mit Sicherheit hatten die GI´s auch Heimweh. Die Army erlaubte zuerst nur für Offiziere die Überfahrt ihrer Statussymbole: Schon bald tauchten die ersten Straßenkreuzer auf. Rosa Cadillacs, Dodges und mintgrüne Studebakers wurden durch die schmalen Gassen der Kleinstadt Landstuhl gelenkt, wie Schiffe, die um enge Klippen steuern müssen. Immer, wenn wir das „Blubbern" hörten, standen wir staunend mit offenen Mündern am Straßenrand.

Die Gastfreundschaft unserer Tante wollte Mutter nun nicht mehr länger in Anspruch nehmen, denn sie wusste, wenn Papa heimkehrt würde er uns zuerst in der zuvor beschriebenen Wohnung suchen. Dort wollten wir ihn sehnlichst erwarten. Also Koffer packen und zurück in die Stadt.

Die Reise gestaltete sich schwierig. Brücken, Bahnhöfe und das Schienennetz waren teilweise oder vollkommen zerstört.

Mutter machte sich auf den beschwerlichen und gefährlichen Heimweg. Die zierliche Person nahm allen Mut zusammen, beladen mit Rucksack, Koffer und einem kleinen Lebensmittelvorrat, den Tante

Maja entbehren konnte. Einmal mehr zeigte sich die Tante grosszügig und bedachte uns mit Proviant. Ja sogar die Hühner im Stall hinter dem kleinen Haus waren zum Abschied noch einmal legefreudig. So machten wir uns Hand in Hand auf den Weg, um in unsere Heimatstadt zu gelangen.

Bild 206 Das Mannheimer Schloß, vom Rhein aus gesehen.
aus: Irving u.a.: Deutschlands Städte (Karweina 1964)

Eine Entfernung von nur 60 Kilometern geriet zur anstrengenden Tagesreise. Auch die Rheinbrücke zwischen Mannheim und Ludwigshafen war noch durch die Wehrmacht zerstört und nur für Fussgänger behelfsmässig zusammengesetzt.

Ausserdem wurden die erforderlichen Passier-
scheine der Reisenden mehrfach von den Besat-
zungsmächten, in diesem Falle zuerst durch die
französische Feldgendarmerie kontrolliert. Bis Ende
1947 waren Fahrten in die rechtsrheinisch ameri-
kanisch besetzten Gebiete äusserst schwierig.

Das Ende des Krieges war zugleich ein Neuanfang,
wir wollen nach vorne schauen, sagte Mutter und
stapfte tapfer voran durch die zerstörte Stadt.

Bundesarchiv, Bild 146-1970-088-56
Foto: o.Ang. | März 1945

Hamsterfahrten

Gerade noch war Papa mit all seiner Liebe und Fürsorge wieder in unserer Mitte und wir hatten uns schnell daran gewöhnt. Manchmal aber verschwand er tagsüber, ab und zu auch des nachts. Er ging „hamstern", was eigentlich verboten war.

Wohl dem, der nahestehende Verwandte oder Freunde auf dem Lande besuchen konnte. Hier war die Versorgungslage etwas besser. Die Landbevölkerung erlebte einen Ansturm ausgehungerter Stadtmenschen, die aus purer Not Tag für Tag ausschwärmten. Selbst die entlegendsten Weiler wurden heimgesucht.

Sofern noch Erbstücke vorhanden waren, Familienschmuck, Silberbestecke, Kandelaber, Pelze, Orientteppiche, alle Schätze wurden gegen Essbares eingetauscht. Böse Zungen haben behauptet, die Viehställe seien ausgelegt mit persischen Brücken und Schweine tragen goldene Ohrringe. Vater wollte nicht betteln und nichts umsonst, er bot seine Hilfe auf den Bauernhöfen an, reparierte hier und da etwas und wurde mit Naturalien entlohnt. Man durfte auch *„Stoppeln"*, das heisst, abgeerntete Felder nach liegen gebliebenen Kartoffeln oder Rüben durchsuchen.

Wer ungefragt Obst von Bäumen oder Sträuchern pflückte, riskierte eine Tracht Prügel. Nicht immer war die Hamsterfahrt erfolgreich, um nicht mit leeren Händen nachhause zu kommen, pflückte Vater Johannisbeeren, weil er sonst nichts fand, die er dann in den Rucksack stopfte. Wie immer waren die Eisenbahnen überfüllt, es gab nur noch Stehplätze und durch das Gedränge auf der Plattform und mit dem Druck auf den Rucksack, lief ihm der rote Fruchtsaft über den Rücken bis in die Unterhose. Mutter lachte trotzdem, als sie ihm aus den Kleidern half. Das Hinterteil eines Pavians konnte nicht besser leuchten.

Eines nachmittags klingelte es Sturm. Es war Onkel Willi, Vaters Freund, der aufgeregt in die Küche stürmte. „Fritz komm mit, am Güterbahnhof stehen Waggons offen": Sie rannten los, um den Bahnhof zu erreichen, bevor es zu dunkel wurde. Tatsächlich standen auf einem Rangiergleis mehrere Waggons, die wegen eines Fliegerangriffs nicht mehr entladen werden konnten. In Vorfreude auf reiche Beute stürmten mehrere Männer die Güterwagen, man hoffte auf Kohle, Kartoffeln oder Konserven.

Aber die Kisten enthielten lediglich rosa Büsten-halter in Doppel D, sowie fleischfarbene Korsetts und Mieder, feinste *Felina* Markenware, die in unserer Stadt produziert wurde. Zunächst war die Enttäu-schung gross, doch sie stopften alles in die Ruck-säcke, soviel nur eben hinein passte.

Wieder einmal fuhren die Männer zum Tauschhandel aufs Land. Das Gedränge am Bahnhof und in den Zügen war zu gross, kein Fahrkartenkontrolleur kam durch, also war die Hinfahrt zunächst einmal kostenfrei. Die Männer standen auf den Trittbrettern und Puffern.*

Sofern Bahngleise und Anschlussverbindungen intakt waren, führte die Hamsterfahrt ins Bauland oder in den Kraichgau, wo Vater und Onkel Willi die erbeuteten Miederwaren feilboten.

Ja, die Landfrauen rissen sich geradezu um die Ware. Diesmal kamen die Männer mit gut gefüllten Rucksäcken nachhause, Bauernbrot, Eier, sogar einige Scheiben geräucherten Speck und Zwiebeln im Gepäck.

Bereits in den 20er Jahren reisten in USA die Wanderarbeiter in Güterzügen auf der Suche nach Arbeit durch das Land. Auch Jack London gesellte sich zeitweise dazu.

* Like a Hobo from a broken home....

Es hat mit Eisenbahnromantik nichts zu tun und ist der Not geschuldet.

Erste Hilfe für Deutschland

Noch trägt das zarte Pflänzchen „Wirtschafts-wunder" keine Früchte.

Im Juli 1947 traten in Paris die Aussenminister von 16 europäischen Staaten zusammen, um über den Vorschlag des amerikanischen Aussenministers Georg C. Marshall zu beraten.

Der Marshallplan

sah vor, Deutschland mit Krediten und Waren-lieferungen wirtschaftlich wieder auf die Beine zu helfen. Aber auch, um das westliche Bündnis gegen die Ausdehnung des Kommunismus zu stabilisieren.

Im Londoner Schuldenabkommen von 1953 wurde der Bundesrepublik Deutschland die Schuld aus der Marshallplanhilfe bis auf einen Betrag von einer Milliarde Dollar erlassen.

Die Rückzahlung aus dem Bundeshaushalt erfolgte bis Ende 1966.

Im Jahre 1953 erhielt Georg C. Marshall den Friedensnobelpreis.

Am 20. Juni 1948 wurde die Deutsche Mark eingeführt. Es war das Ende der Reichsmark. Diesen Zeitpunkt bezeichnet man als Anfang für das deutsche „Wirtschaftswunder". Der Handel auf dem Schwarzmarkt mitsamt der „Zigarettenwährung" war beendet. Die Regale in den Geschäften füllten sich über Nacht mit Waren.

Die neuen Banknoten wurden ab September 1947 in New York City gedruckt und unter strengster Geheimhaltung, mit dem Decknamen *Bird Dog*, per Schiff nach Bremerhaven verfrachtet. Eine schier unvorstellbare Menge, 500 Tonnen in 23.000 Holzkisten, die später mit Sonderzügen und 800 Lastwagen zum ehemaligen Reichsbankgebäude nach Frankfurt zur Weiterverteilung geliefert wurden. Eine logistische Meisterleistung.

Zwei Tage zuvor, am 18. Juni 1948 wurde die Bevölkerung von den Radiosendern der westdeutschen Besatzungszone über den Umtausch informiert. So appellierte beispielsweise Hamburgs erster Bürgermeister an die Mitbürger, die Chance zu nutzen, um mit harter Arbeit wieder zu Wohlstand zu gelangen.

Eine gemeinsame Währung für alle vier Besatzungszonen einzuführen scheiterte am sowjetischen Veto. Daher kam die Deutsche Mark nur in der Trizone den Menschen zugute.

Jeder Bürger erhielt 40 Deutsche Mark.

Umgetauscht wurde die Reichsmark z.B. an den Ausgabestellen für Lebensmittelmarken. Hier drängten sich die Menschen, um die neue Währung in Empfang zu nehmen. Alle sprachen in der Warteschlange über ihre lange gehegten Wünsche, die sie sich mit dem neuen Geld erfüllen wollten.

Auch wir Kinder spürten die aufgeregte Stimmung, und wollten eine Erklärung: "Papa was ist Geld?"

Wie so oft, konnte Papa auch hierzu eine Geschichte einflechten, an die ich mich erinnere: Er packte mich mit beiden Händen an den Schultern und schob mich sanft ans Fenster. "Kind, sage mir was Du da unten siehst?"

Interessiert betrachtete ich das Treiben auf der Straße, zuerst entdeckte ich Kinder aus unserer Nachbarschaft, Mütter mit Kinderwagen und Einkaufstaschen eilten am Fenster vorbei, einige Männer auf klapprigen Fahrrädern, und auch Kleinlastwagen holperten die Strassen entlang. So begann ich aufzuzählen, was ich durch die Fensterscheibe sah. Dann nahm Papa mich bei der Hand und führte mich zu einem Spiegel und fragte erneut: Was siehst Du nun?" "Na ja, im Spiegel sehe ich nur mich!"

So ist das im Leben, schaust du durch einfaches Fensterglas, dann siehst Du viele Menschen aber sobald ein wenig Silber dahinter ist, siehst Du nur Dich selbst!

Das kann Geld bedeuten.

Familienbetrieb

Am Beispiel eines kleinen Familienbetriebes möchte ich aus meiner Sicht vom Aufschwung berichten.

Nun kam Leben in unseren Hof, besser noch, die Backstube wurde angeheizt. Männer schleppten Mehlsäcke und Kohlen heran. Es gab weder Schubkarren noch Sackkarren, alles packten sich die Träger auf die Schultern, tief nach vorne gebeugt und krumm der Rücken, so mussten Fahrer und Beifahrer noch jahrelang die Lieferungen allein mit Muskelkraft bewältigen. Es war Schwerstarbeit. Manchmal trugen die Lastenträger zum Schutz gegen Mehl- oder Kohlenstaub einen aufgetrennten Sack als Kapuze über Kopf und Schultern. Kein Mensch hatte damals das Bedürfnis nach einem Fitness-Center!

Der Hof war in mehrere versetzte Ebenen eingeteilt. Das Spielen war nur im oberen Teil erlaubt, in dem fünf schwere Mülltonnen für alle Hausbewohner zur Verfügung standen. Es machte den Müllmännern offensichtlich einen Heidenspass, unüberhörbar in aller Herrgottsfrühe, die schweren Metallkübel aus dem Hof zu schaffen. Geschickt und nur mit einer Hand am Deckelknauf rollten sie die Tonnen auf der Kante schräg vor sich her, dass es nur so schepperte.

Von der ersten Ebene führten drei Treppen tiefer in einen weiteren Hof. Hier standen mehrere Schuppen, verschlossen, des Bäckermeisters Vorratslager. Eine lange und steile Treppe führte noch einmal in die Tiefe zu einem anderen Kellergewölbe, das auch in den Sommermonaten kühl blieb. Die Geräusche waren gedämpft, das Licht spärlich, uns Kindern war ganz und gar mulmig zumute in den Gewölben.

Später dienten die Räume als Produktionsstätte für einen Nebenerwerbsbetrieb. Auch ohne Hausordnung hielten sich die Mitbewohner an bestimmte Regeln. Die Mittagsruhe wurde eingehalten, montags hing frische Wäsche an den gespannten Leinen und freitags war der Hof zum Teppichklopfen vorgesehen. Eine Metallstange an der Hauswand befestigt, wurde von allen Hausfrauen genutzt und ein Teppichklopfer aus Rohrgeflecht gehörte zu jedem Haushalt, bevor ein Staubsauger erst 30 Jahre nach dem Krieg erschwinglich war.

Ein besonderes Entgegenkommen war damals, dass treue Kundinnen aus der Nachbarschaft auch ihre hausgemachten Hefeteige für die obligatorische Sonntagskaffestunde zum Fertigbacken in der Backstube abgeben durften. Damit war die Restwärme des Ofens gut genutzt. An Samstagen lagen ausgebreitet, farbig wie Fleckerlteppiche oder Patchwork, grosse Backbleche zum Auskühlen, mit Früchten belegt, auf dem Treppenabsatz vor dem Eingang zur Backstube.

Klassenkameraden haben damit geprahlt, dass beim Spielen und Herumtoben schon mal versehentlich in einen heissen Zwetschgenkuchen barfuss und deshalb schmerzhaft hineingetreten wurde.

Backstube

Wer liebt ihn nicht, den Duft von frischem Brot,

wir hatten ihn täglich um die Nase.

In Altbauten lagen ja bekanntlich alle Wasserrohre auf Putz, also klopfte der Meister in der Backstube mit einem Kochlöffel dreimal an das Rohr, das nach oben durch unsere Küche führte. Dies war ein verabredetes Zeichen und bedeutete: Naschwerk ist abzuholen. Drei Kinder rannten um die Wette die Treppen hinab. Die Türe zur Backstube wurde geöffnet, damals war dies für uns wie der Eingang zum Backparadies. Wohlige Wärme und der herrliche Duft von frischem Brot hüllte uns ein. Der Bäckermeister hing nach vorne gebeugt mit dem Oberkörper in einer riesigen Wanne. Beide Arme steckten bis zum Ellenbogen in der weissen Masse, er knetete und walkte, ja schlug förmlich auf den Teig ein, bis sich Luftblasen bildeten, eine kraftraubende Handarbeit. Es gab nur eine Maschine, die aussah wie ein überdimensionales Waffeleisen mit Stiel, hiermit wurden Brötchen-Rohlinge zu gleichen Stücken geformt.

Alles, was für den Verkauf ungeeignet schien, leicht angebrannt, deformiert, in Bruchstücken, oder auch mal heruntergefallen war, wurde uns überlassen. Wir waren dankbar für die Ergänzung des dürftigen Speiseplans und betrachteten das Bäckerhandwerk mit gebührendem Respekt. Schliesslich hatten wir ja Einblick in die Herstellung des Grundnahrungsmittels Brot.

Der Meister musste mitten in der Nacht aufstehen, wenn andere gerade erst zu Bett gehen, den Ofen anheizen, die Mehlsäcke heranschleppen, alles ein Kraftakt und Muskelarbeit – oder wie es heute formuliert wird: manpower.

Ein Bäckerlehrling in der berufstypischen Pepita-hose und im Unterhemd, stocherte mit einem langen Holzschieber im Backofen. Ab und zu nahm er eine Hand voll Wasser und besprengte die Brote, sobald die Kruste knusprig und goldbraun glänzte zog er die Laibe heraus und schob sie schwungvoll auf einen Rost zum Auskühlen. Auf dem Kopf hatte er keck eine weisse Mütze in Form eines Schiffchens über die perfekte schmalzige „Elvis-Tolle" gestülpt.

Ein wenig war ich in den Bäckerjungen verknallt, eine pubertäre Träumerei. Er fühlte sich geschmei-chelt und lud mich an einem sonnigen Sonntag-nachmittag zu einem Ausflug auf seiner „Vespa" ein. Dieser schnuckelige Roller war das Lieblingsfahrzeug der jungen Generation, wir fanden ihn famos, heute würde man sagen cool. Aber die Spritztour ins Neckartal geriet zum Desaster, denn während des

Picknicks zog ein Gewitter auf. Dicke schwarze Wolken bauschten sich über uns, mein mehrfaches Bitten zum Aufbruch ignorierte mein Kavalier leichtsinnig. Am Strassenrand wurden Kirschen feilgeboten, die er genüsslich vernaschte und konzentrierte sich nur auf das Kirschkern-Weitspucken. Plötzlich entlud sich das Gewitter mit Blitz und Donner und ein heftiger Regenguss prasselte auf uns nieder. Weit und breit auf der Landstrasse durch den Odenwald gab es keinen Unterschlupf.

Ich musste wohl einen erbärmlichen Anblick geboten haben, mein fliederfarbenes dünnes Sommerkleidchen klebte als nasser Lappen an mir, die Haare trieften und ich hing wie ein Klammeraffe hinter dem Vespa-Fahrer, um mich vor dem Fahrtwind zu schützen, der eiskalt ins Gesicht peitschte. Ein VW Käfer hielt in Heidelberg an einer Kreuzung neben uns, mitleidig kurbelte der Fahrer die Scheibe herunter und bot mir Mitfahrgelegenheit an, „Kind du holst Dir eine Lungenentzündung!" Leider habe ich aus falschem Stolz das Angebot ausgeschlagen. Danach folgte eine heftige Erkältung und nach Abklingen des Fiebers war dann auch die Schwärmerei abgekühlt.

Die Gesellen oder Bäckerlehrlinge (erst Stift, dann Azubi genannt) kamen etwas später zur Arbeit, mussten aber nach dem Dienst in der Backstube hinter der Ladentheke stehen, um des Bäckers Ehefrau abzulösen, damit sich diese um das Mittagessen kümmern konnte. (In Familienbetrieben gab es ja noch keine Bäckerei-Fachverkäuferin, Lohnkosten waren hierfür im Budget nicht vorgesehen).

Pünktlich um ein Uhr mittags wurde die Ladentüre abgeschlossen, die Rolläden heruntergelassen, gemeinsam gegessen, danach war Mittagsruhe. Während dieser Zeit war Ballspielen und Lärmen im Hof nicht erwünscht. Alle Mitbewohner haben es respektiert, denn eine gut funktionierende Hausgemeinschaft nahm Rücksicht aufeinander.

Unser Bäckermeister war bereits in reiferen Jahren und die Spuren der schweren körperlichen Arbeit waren deutlich sichtbar, er schlurfte in gebeugter Haltung über den Hof. Wann immer ich wollte, durfte ich den freundlichen Herrn in seiner Backstube besuchen. Er zeigte sich über jede Unterhaltung und Abwechslung erfreut.

An einem regnerischen Nachmittag aber fand ich die Backstube verlassen vor. Die Brote waren bereits in Weidenkörben nach vorne zum Verkaufsladen geschafft, die Teigwannen gesäubert und der Mehlstaub zusammengefegt.

Neben dem grossen Backofen führte ein Flur zu einem hinteren Raum der wohlig warm war. Aus dieser Richtung hörte ich Wasser plätschern, dazu trällerte der Meister ein altes Volkslied, *„am Brunnen vor dem Tore, da steht ein Lindenbaum, ich träumt ´in seinem Schatten so manchen süßen Traum ich schnitt in seine Rinde so manches süße Wort, es zog in Freud´ und Leide zu ihm mich immerfort"*. Für eine Weile stand ich gebannt und lauschte der kräftigen Männerstimme, die zweite Strophe wollte ich nicht abwarten und wagte mich vor in Richtung der Geräusche. Da stand tatsächlich der Bäckermeister unter der Dusche und wusch sich den Mehlstaub vom Kopf.

Zum ersten Mal sah ich einen nackten Mann und war erschüttert, weil ich erfahren musste, dass auch Schamhaare grau werden. Was sich darunter verbarg interessierte mich gar nicht.

Leise schlich ich davon, schade nur, dass ich diese gewonnene Erkenntnis mit niemandem teilen konnte.

Teigwaren

- oder Nudeln mit Tempo

Wie schon vermutet, übergab der freundliche Bäckermeister aus Altersgründen das Geschäft alsbald dem neuen Eigentümer. Ein handgemalter Meisterbrief mit Siegel hing eingerahmt und gut sichtbar im Verkaufsraum und der junge Mann, dynamisch und sympathisch, mit viel Humor, freundete sich rasch mit unseren Eltern an. Bald gingen die Familien zum vertrauten Du über. Man legte damals noch grossen Wert auf eine friedfertige und vor allem hilfsbereite Nachbarschaft.

Der Fortbestand der Zuwendungen aus der Backstube war also gesichert. Eines Tages überraschte Bäckermeister Jörg unsere Eltern mit einer Geschäftsidee. Er wollte Nudeln produzieren und benötigte unsere Mithilfe. In den untersten Kellerräumen sollte die Produktion beginnen. Der Nudelteig wurde ausgewalzt, dann von Hand in Streifen geschnitten und an Wäscheleinen, die mehrfach kreuz und quer gespannt waren, zum Trocknen aufgehängt.

Wir halfen fleissig mit, um das fertige Produkt in Cellophantüten abzupacken. Zunächst wurden die

Nudelpakete im Bäckerladen auf einem Nebentisch präsentiert. Lange Zeit blieben diese Läden reine Verkaufsstellen für Backwaren und frei von Kaffeetassen, Haushaltswaren, Modeschmuck und allerlei Firlefanz.

Mein „grosser Bruder", steckte gerade mitten in der Ausbildung zum Werbegraphiker, nun endlich konnte er sich für die zahlreichen Kuchen und Gebäckteilchen erkenntlich zeigen. So dachte er sich einen Slogan aus:

„Zu den Festen, Jörg´s Eiernudeln, die Besten"

In schönster Plakatschrift wurden Pappschilder handgemalt und sowohl auf der Ladentheke, als auch im Schaufenster aufgestellt. Die Produktion und der Verkauf liefen gut an, doch damit nicht genug, Bäcker Jörg wollte weiter expandieren. Er besass auch schon ein Auto mit drei Rädern, eines vorne in der Mitte und zwei Räder hinten, also ein Dreirad namens Tempo. Jeder dritte deutsche Kleinlaster war damals von dieser Marke, das Geräusch des Zweitakters „RÄNG-TÄNG-TÄNG" war unverwechselbar.

Die Idee, ein Fahrzeug mit drei Rädern zu konstruieren hatte einen ganz einfachen Grund. Bereits 1928 erliess die Reichsregierung ein Gesetz, dass Fahrzeuge mit weniger als vier Rädern und einem

Hubraum von unter 350 Kubikzentimetern weder steuer- noch führerscheinpflichtig waren. Ein regelrechter Boom von Dreirad-Fahrzeugen war die Folge.

Jörg´s Tempo hatte einen Holzaufbau und die Seitenwände waren mit heller Plane bespannt und festgezurrt. Die Sitzbank im Führerhaus war breit genug für drei Personen, also fuhren meine Eltern mit Jörg nach Geschäftsschluss am Samstagnachmittag in den Odenwald oder in den Kraichgau, um die Bandnudeln auszuliefern. Ob es an den schlechten Strassen lag, oder sie hatten die Entfernung falsch eingeschätzt, vermag ich heute nicht mehr zu sagen, denn die drei Nudel-Lieferanten schafften es nicht mehr nachhause und mussten auf der Ladepritsche übernachten. Solche Abenteuer sind heutzutage vermeidbar, dank Autoradio, Navi und Mobil.

Einmal kippte sogar die ganze Fuhre um, weil Jörg einem Traktor ausweichen musste. Zum Glück kam niemand zu Schaden. Nur die frischen Landeier, die man gegen einige Tüten Nudeln eingetauscht hatte, wurden zu Matsch. Für meine Eltern war es eine willkommene Abwechslung, wieder einmal raus aus den grauen Mauern, vorbei an grünen Auen bei Birkenau oder durch das liebliche Angelbachtal zu tuckern, machte zusammen viel Spass, es befreite für kurze Zeit von den Sorgen des Alltags.

Bald konnte sich der „Nudelfabrikant" ein Grund-
stück leisten, etwas ausserhalb der Stadt, von daher
noch erschwinglich und heute zählt es zum so
genannten Speckgürtel. Vater und andere Freunde
packten kräftig beim Bau von Jörg´s neuem Haus mit
an. Die Freundschaft zwischen den Familien blieb
noch viele Jahre bestehen.

Hilfsbereite Hausgemeinschaft

Treppenhäuser sind der Garant für eine besondere Akustik. Unsere Küche in der sich das tägliche Leben abspielte, lag unmittelbar neben dem Treppenaufgang, sodass wir an den Schrittgeräuschen unsere Mitbewohner erkennen konnten. Wir machten oft ein Ratespiel daraus.

Der leise Trippelschritt gehörte zu Frau Hoffmann. Diese kleine graue Maus war unnahbar und erleichtert, wenn man sie nicht ansprach, sie huschte vorbei bis zum dritten Stockwerk. Hier hörten die Stufen aus Terrazzo auf und gingen in Holztreppen über, die bis zum Speicher führten. Nur wenn das Holz knarrte wussten wir, es war die Maus. Manchmal stand sie wie ein Geist vor uns, genau dann, wenn man nicht mit einer Begegnung rechnete. Offensichtlich hatte sie ein zweifelhaftes Vergnügen daran, Kinder zu erschrecken.

Ein junges Paar wohnte in der dritten Etage, er war ein kantiger Typ wie Horst Buchholz mit hohen Wangenknochen und Schmalzlocken. Sie plauderten und lachten vergnügt, wenn beide eilig ihrer Wohnung zustrebten.

Dort begann eine wilde Verfolgungsjagd um den Küchentisch begleitet von fröhlichem Juchzen und Kichern. Wenn auch gelegentlich das Fang-Mich-Spiel in Streit ausartete, so hätten sich Nachbarn nie eingemischt bei einem vermutlichen Akt häuslicher Gewalt. Schnell ebbten die Streitgespräche wieder ab und mit gedämpften Lauten des Wohlgefallens folgte die innige Versöhnung.

In täglicher Vorfreude auf sein Zuhause nahm dieser Nachbar mit Elan immer zwei Stufen auf einmal, wobei die Kreppsohlen ein quietschendes Geräusch erzeugten. Sein Weib war eine rassige Schönheit, etwas drall, mit einem Teint wie Milchkaffee und dunkelbraunen Glutaugen, wobei das Augenweiss leicht bläulich schimmerte. An warmen Sommertagen spazierte sie im Charmeuse-Unterkleid, in zartem lachsrosa durch die Wohnung und dachte nicht im geringsten daran, einen Morgenmantel oder ähnliches überzuziehen, wenn der Postbote klingelte. Andere Hausfrauen begnügten sich mit braven Kittelschürzen, die in den fünfziger Jahren als Hauskleider beliebt waren. Jahrzehnte später sind Leggins und übergrosse T-Shirts als Einheitskleidung angesagt. Sehr beliebt, weil sich unter den Oberteilen die kleinen Wohlstands-Speck-Röllchen verbergen liessen. Denn nach all den Hungerjahren und Entbehrungen war die erste Fresswelle unausweichlich.

Unmittelbar über unserer Wohnung wohnte ein älteres Ehepaar, so empfand ich es jedenfalls als

Kind, heute würde man sagen, sie sind in den besten Jahren, oder noch moderner „best ager".

Sie lebten in friedlicher Zweisamkeit und wir hörten kein lautes Wort, nicht mal ein Stuhl wurde gerückt. Dieses Paar war ein Musterbeispiel für die These, dass sich Gegensätze anziehen. Der Nachbar hatte ein geheimnisvolles, bewegtes Leben hinter sich, er war nämlich als Clown und „Mädchen für alles", was heute Allrounder heisst, bei einem Wanderzirkus angestellt. Ein Familienunternehmen, mit einem festen Platz und Winterquartier in unserer Stadt.

Rein äusserlich schien er geradezu prädestiniert für diese Rolle, denn seine O-Beine waren geformt, als würde er immerzu auf einem Weinfass reiten. Zudem besass er einen eiförmigen Glatzkopf und trug hinter den weit abstehenden Ohren eingehängt eine kleine runde Nickelbrille.

Seine ihm Angetraute von der Statur einer wagnerianischen Walküre, überragte ihn um eine gute Kopfgrösse. Meine Geschwister malten sich in ihrer pubertären Phantasie aus, wie er beim Tanzen beide Ohren zwischen ihrem Busen wärmte und dadurch die Musik nicht hörte. Diese Busenform ähnelte den beim Wiederaufbau vielfach eingesetzten Abrissbirnen.

Ausgerechnet an einem Weihnachtsabend kam es zum Eklat.

Aus Mangel an Angebot und Kaufkraft wurde zum Fest gerne Selbstgebasteltes hergestellt und verschenkt. Pullover, Pudelmützen und Wollsocken, aus älteren Beständen aufgetrennt und mit neuen Maschenmustern und Farbkombinationen wieder zusammengestrickt, lagen auf den Gabentischen. Puppen erhielten neue Kleider aus Stoffresten und für Knaben gab es Lastwagen aus Holzklötzen zusammengebaut.

Die Erwartungen an das liebe Christkind waren noch nicht hochgeschraubt, oder vom Konsumzwang, beziehungsweise durch geschickte Marketingstrategien, angefacht. Das Glücksgefühl, gemeinsam Weihnachten feiern zu dürfen, war uns Geschenk genug.

Auch unser Mitbewohner, der Ex-Clown fabrizierte daher in präziser Laubsägearbeit aus Sperrholzresten ein kleines Geschenk für seine Gattin. Er fertigte einen Sarg, 10 cm lang, mit Schuhwichse schwarz gefärbt, denn Ölfarbe war nirgendwo aufzutreiben. In diesem Sarg lag, auf ein weisses Spitzentaschentuch gebettet, ein Männlein aus Knetmasse geformt, mit winziger, aus Draht gebogener Brille. Das Gesamtkunstwerk ruhte unter dem Weihnachtsbaum für seine Angetraute und stolz nahm er sie bei der Hand führte sie darauf zu mit den Worten: „damit Du eine Vorstellung hast, wie ich aussehe, wenn ich mal tot bin"!

Die Familien sassen traut beisammen, die Stuben waren schwach erhellt vom Kerzenschein, da stiess die sonst so friedvolle Walküre spitze Schreie hinaus in die stille Nacht.

Meine Geschwister konnte man schon als Jugendliche betrachten, so gab es ausser meiner Wenigkeit nur noch zwei weitere Kinder in unserer Hausgemeinschaft.

Da wohnte ich Tür an Tür mit Rolfi, ein zarter Junge, jedoch ein Stubenhocker. Er war viel zu schüchtern und ein kleiner Feigling zu keinem Streich bereit, ja man konnte keinen Schabernack mit ihm anstellen. Zum Glück schickte ihn seine Mutter zum Spielen in den Hof, immer mit der Ansage: „Du musst an die frische Luft"!

Und dann gab es noch die pausbackige Annedore, angeblich mit ihren Eltern aus Bayern zugewandert, was gut möglich war, denn die Familie sprach mit einem uns fremden Dialekt immer mit rollenden RRRR. Eigentlich war Annedore phlegmatisch, sie machte immer mit, was andere vorschlugen, bei diesen passiven Spielkameraden musste ich die Regie übernehmen oder Animateur spielen. Wir malten mit Kreide Quadrate auf den Boden, man musste mit einem Bein dazwischen hüpfen, ohne auf die Linien zu treten, es hiess im Dialekt „Plattenhickel" oder wir spielten Verstecken und Seilspringen.

Weil Rolfi auch Murmeln besass, war er quasi als Spielkamerad geduldet. Aus einem Schuhkarton wurden kleine Türchen herausgeschnitten, über deren Öffnung stand eine Zahl. Von einer zuvor bestimmten Distanz musste man versuchen, die „Klicker" in eines der Löcher zu rollen, zum Schluss wurden die Treffer addiert.

Manchmal geriet Annedore ins Schwärmen, wenn sie von ihrer Leibspeise sprach. Sobald ihre Mutter zum Essen rief war ihre Schlafmützigkeit vorbei und sie flitzte nach oben. Es gab Kuh-Euter gebraten. Igitt! Aber wir hatten ja alle kein Geld für „richtiges Fleisch." Falls unser Vater wieder ein Möbelstück verkaufen konnte, gab es am Sonntag Fleisch, meist einige Krümel Haschee mit Sosse, die man prima strecken konnte, dazu Nudeln oder Spätzle von Hand gemacht. Einige Jahre später bekam Annedore´s Vater eine Anstellung als LKW-Fahrer und lieferte stolz Nordsee-Fische aus. Von nun an erhielten wir jeden Freitag ein grosses Goldbarschfilet, das unseren Vitaminhaushalt erheblich aufbesserte. Wenn das nicht Nachbarschaftshilfe ist!

Gerne denke ich an die Kinderspiele im Hof zurück, behütet und beschützt, konnten wir unseren harmlosen Vergnügungen frönen. Zu unserer grossen „Erleichterung" gab es sogar in einer Nische des Hofes eine Toilette, die man aufsuchen konnte, ohne in die elterliche Wohnung rennen zu müssen.

Schulzeit

steiniger Weg zur Bildung

Trotzig wie eine Burg erhob sich das Schulgebäude aus der Gründerzeit, davor versammelt fand sich verängstigt eine kleine Gruppe der Schulanfänger ein. Verstohlen blickte ich mich um und versuchte herauszufinden, welche neue Mitschülerin für eine Freundschaft in Frage käme.

Da stand ich nun mit dem abgenutzten Lederranzen auf dem Rücken, der schon meine Geschwister durch die ersten Schuljahre begleitet hatte. Er enthielt einige Griffel, meine Schiefertafel und ein Pausenbrot mit Margarine oder Käseaufstrich. Nachdem später Klassenkameraden miteinander bekannt waren, wurden die Pausenbrote untereinander getauscht. Eine Mitschülerin aus Norddeutschland tauschte ihre Stulle mit Marmelade gerne gegen meine mit dem Schmelzkäse-Dreieck.

Es gab nach dem Krieg vorerst keine Kindergärten oder Vorschulen, welche behutsam die Fähigkeiten eines Kindes förderten. Also gab es auch keine kleine verschworene Gruppe, die sich bereits im Kindergarten miteinander vergnügten. Alle waren zunächst schüchtern und fremd. Kein Kind war vorbereitet auf gemeinschaftliches Lernen und Arbeiten.

Die steingraue Fassade der Humboldt-Schule war durch Einschüsse beschädigt und mit Kratern übersät, wie ein pockennarbiges Gesicht. Das breite Eingangstor erschien mir wie ein dunkler Schlund, der Kinder zu verschlingen droht. Hohe Bogenfenster schauten wie unheimliche Augen auf uns Zwerge herab.

Die Klassenräume waren zwar intakt aber deutlich spürbar schwebte darin immer noch der Geist und der angestaubte Mief vorheriger Generationen. Zaghaft drückte ich mich mit meiner Erstklässlergruppe in die unbequemen und abgenutzten Bänke. Hier gab es kein störendes Stühlerücken, die Schreibpulte waren im gleichen Abstand mit unbeweglicher Sitzfläche und Rückenlehne, also das Aufrechtsitzen wurde regelrecht erzwungen.

Den Mangel an Lehrkräften versuchten die Behörden durch die Rekrutierung pensionierter Pädagogen auszugleichen. Deren Bedauern und die Enttäuschung über den entgangenen wohlverdienten Ruhestand fanden ein Ventil in unangemessen strengen Erziehungsmassnahmen. Hohe Räume, unendliche Flure, der allgegenwärtige Geruch von Bohnerwachs, feuchten Schwämmen, Kreide und undichten Toiletten, alles zusammen wirkte bedrückend und fremd auf uns Schulanfänger.

Anmerkung:

Ab Oktober 1945 wurde der Schulbetrieb wieder aufgenommen. Zahlreiche Schulgebäude waren zerstört oder massiv beschädigt, andere intakte Schulen wurden noch als Lazarette genutzt und der Unterricht sollte ohne Schulbücher beginnen. Die Alliierten bestanden auf Vernichtung der Bücher und neue waren noch nicht gedruckt. Pensionierte Lehrer wurden gebeten, ihr Wissen wieder einzubringen, auch Quereinsteiger wurden verpflichtet, geprüfte Bürger, die politisch unbedenklich waren. Eine pädagogische Ausbildung war nicht zwingend.

Unsere beliebte Lehrerin, Dr. Reinhild Wagenknecht, berichtete euphorisch von Ihrer Tätigkeit vor Kriegsbeginn als Archäologin. Sie war besonders stolz auf die Ausgrabungen in Zusammenarbeit mit Professor Wilhelm Dörpfeld in Olympia, der auch eine deutsche Schule in Athen gründete.

Allein schon die schrille Pausenglocke liess uns zusammenzucken, denn viele meiner Mitschüler waren noch verängstigt durch die Erinnerung an Bombenalarm und Sirengeheul. Die Nächte im Luftschutzbunker waren weder vergessen noch verarbeitet.

Meist wurde die Einschulung begleitet mit dem unsinnigen Satz „jetzt beginnt der Ernst des Lebens", als ob in der Schule überhaupt kein Spass erlaubt sei! Selbst der Hausmeister, der im grauen Arbeitskittel, mit strengem Blick den Pausenhof überwachte, forderte Respekt ein. Er suhlte sich geradezu, wie einst ein *Blockwart* in seinem Revier, in seiner vermeintlichen Vormachtstellung.

Nachbarn nannten ihn geringschätzig auch den „Treppen-Terrier".

Während des Unterrichts durfte man nicht mit dem Banknachbarn tuscheln, wer beim Schwätzen erwischt wurde, musste mit dem Gesicht zur Wand in einer Ecke stehen, oder für den Rest der Stunde vor der Klassenzimmertüre bleiben. Grössere „Vergehen", zum Beispiel vergessene Hausaufgaben oder Bücher wurden mit fünf Tatzen bestraft, das heisst, ein Lineal des Lehrers sauste mit Wucht auf die ausgestreckte Hand hernieder, so dass sich die Innenseite rötete, ja sogar anschwoll.

Ständig schwebte die Androhung der Höchststrafe, über den Schülern, nämlich das Einsperren im *Karzer!* Eine Beschwerde zuhause war zwecklos, denn dort wurde vermutet, man habe es ja „verdient". Schliesslich war auch im Schülerdasein der Eltern die körperliche Züchtigung allseits gang und gäbe. Aus Erfahrung berichtete die ältere Generation von schmerzhaften Schlägen mit einem Rohrstock.

In unserem Klassenzimmer prangte ein Schild, ein Relikt aus den Tagen der Einweihung des Schulgebäudes 1907 – in sauber ausgeführter Sütterlinschrift:

„Ruhe ist des Bürgers erste Pflicht!"

Lehrer hatten Autorität

Fräulein Ritter war unsere erste Lehrerin und auf die Anrede „Fräulein" legte sie grössten Wert.

Zur Bezeichnung „Fräulein" hier ein Rückblick. Unverheiratete französische Frauen werden "Mademoiselle" genannt, junge Engländerinnen ohne Ehemann heißen "Miss". "Buona sera, Signorina", rufen die Italiener, "Señiorita" die Spanier und "Fröken" die Schweden. Nur in Deutschland sind die "Fräuleins" ausgestorben. Im offiziellen Amtsdeutsch wurde die Anrede "Fräulein" am 16. Februar 1971 weitgehend abgeschafft.

Frauen schreiben Beschwerdebriefe ans Innenministerium.
Fräulein bedeutet Anfang des 20. Jahrhunderts: weiblich, berufstätig und schlecht bezahlt. „Fräuleins" sind Sekretärinnen, sie bedienen an der Kuchentheke, arbeiten im Amt. **Weit gebracht haben sie es, wenn sie sich "Fräulein Lehrerin" nennen dürfen.**

Sobald ein Fräulein heiratet, heißt sie Frau und hört auf zu arbeiten – weil die Arbeit nicht mehr nötig ist oder der Ehemann sie nicht erlaubt. Doch Anfang der fünfziger Jahre, nach dem Zweiten Weltkrieg, bleiben ungezählte Fräuleins zurück, die weder Braut noch Mutter waren. Ab 1950 häufen sich im Deutschen Bundesministerium des Innern, Unterabteilung I A – dem Frauenreferat - Beschwerden von Fräuleins, die keine mehr sein wollen. Sie schreiben: "Ich bin keine alte Jungfer, sondern eine Frau, die mitten im Leben steht, bin Einkaufssekretärin für Damenoberbekleidung in einem Konzern." Oder: "Es ist doch so, dass das Fräulein in Handel und Verkehr die kleine Frau ist, die danach behandelt wird." Und: "Man wird belächelt und als minderwertig behandelt." Die Briefe sind im Bundesarchiv in Koblenz archiviert. Die Frauen stört nicht nur die Endung "-lein", also die Verkleinerungsform, es geht ihnen auch um sprachliche Symmetrie. Tatsächlich gibt es kein männliches Pendant zum Fräulein.

"Wie lächerlich würde sich zum Beispiel ein Junggeselle vorkommen, wenn man ihn mit 'Herrlein' titulierte", schreibt eine Dame. Die

Forderung eines der vielen Fräuleins: "Meiner Ansicht nach würde dieses Problem gelöst sein, wenn die Bezeichnung 'Fräulein' für die unverheiratete Frau aus der deutschen Sprache ausgemerzt würde. **"Das Fräulein" wird aus der Behördensprache gestrichen**.

Die Maschinerie der Behörde läuft an und am 16. Februar 1971 stellt das Bundesinnenministerium folgenden Entwurf eines Erlasses vor: "Gegenüber einer unverheirateten volljährigen Frau soll die Anrede 'Frau' verwendet werden." Doch es gibt berechtigte Kritik an der Formulierung. Zum Beispiel aus dem Bundespostministerium, wo angemerkt wird, "dass im amtlichen Schriftverkehr nicht immer deutlich wird, ob die angeschriebene Person volljährig ist oder nicht." Konsequenter wäre es, das "Fräulein" ganz aus der Behördensprache zu streichen. Und so geschieht es: Mitte der siebziger Jahre wird der letzte behördliche Vordruck, auf dem ein "Fräulein" vorkommt, vernichtet.

*Quelle: WDR

Im übrigen ist die Frage ob man eine Service-Fachkraft „Hallo Frollein" rufen darf noch nicht abschließend geklärt.

Unser Fräulein Ritter also war eine etwas rundliche Dame, kurz vor der Pensionierung, immer hoch motiviert und engagiert, bestrebt uns etwas beizubringen. Ihre leuchtend blauen Augen standen in hellem Kontrast zum kastanienbraunen Haar, das unordentlich irgendwie hochgesteckt am Hinterkopf wie ein Vogelnest in sich verwoben war. Ihren strammen Busen streckte sie selbstbewußt nach vorne und hielt den Rücken gerade. Sie war kaum grösser als ihre Schüler, zeigte aber vielfach Verständnis für ihre Schutzbefohlenen, im Gegensatz zum übrigen Lehrerkollegium und wir verehrten sie sehr. Ihre Leidenschaft galt dem Fach Geschichte und wenn sie über Napoleon und dessen Vielseitigkeit dozierte, bekamen ihre blauen Augen einen ganz besonderen Glanz.

Am Ende der letzten Schulstunde fiel ihr als Klassenlehrerin die Aufgabe zu, uns in geordneten Gruppen zur *„Hoover-Speisung"** zu geleiten. Erst einmal mussten wir uns in Zweierreihen aufstellen, dann trabten wir los zur Turnhalle, die kurzfristig zur Kantine umfunktioniert wurde und nahmen aus grossen Bottichen eine warme Mahlzeit in Empfang. Alles sollte sehr leise geschehen, um den Unterricht der anderen Klassen, die nach uns an der Reihe waren, nicht zu stören.

Die meisten von uns brachten ein eigenes Essgeschirr mit: Den *„Henkelmann"*. Trotz der geforderten Stille war das Scharren der Löffel weithin durch die Gänge des Schulgebäudes zu hören, bis auch die letzte Haferflocke aus dem „Henkelmann" gekratzt war. Der etwas klebrige Brei mit Rosinen schmeckte süsslich und wird meiner Generation in dankbarer Erinnerung bleiben.

*Anmerkung;

1947 reiste der ehemalige Präsident der USA Herbert Hoover nach Europa und empfahl – neben weiteren Hilfsmassnahmen – die Zuführung von 350 Kalorien täglich für Kinder.

Mit Geduld begleitete uns Fräulein Ritter durch die ersten Schuljahre und übergab ihre Schützlinge dann mit wohlwollender Empfehlung an weiterführende Schulen.

Zum Abschied sammelten wir in der Klasse unser Taschengeld, um ein Abschiedsgeschenk für Fräulein Ritter zu kaufen. Es kamen 6 DM zusammen, damit erstanden wir im Kaufhaus Woolworth ein Likörservice bestehend aus einer blümchenverzierter Glas-Karaffe mit kleinen passenden Gläsern. Heute eine unmögliche und peinliche Gabe, jedoch ein Beweis, wie sehr damals praktische Geschenke im Vordergrund standen. Der gute Wille zählte und Fräulein Ritter mit ihrer immer währenden milden Nachsicht hat uns hoffentlich den Fauxpas verziehen.

Schüler hatten Disziplin

Friedrich der Grosse mit dem Beinamen „Soldatenkönig" hatte die allgemeine Schulpflicht eingeführt, damit wollte er seinen ausgedienten Feldwebeln nach dem Krieg eine sinnvolle Beschäftigung verschaffen. Daher war auch der Unterricht geprägt von den preussischen Tugenden militärisch, diszipliniert und humorlos. Aufmucken oder gar Widerspruch gegen den Lehrer, den Pfarrer oder gegen den eigenen Vater wäre undenkbar gewesen.

Im **preussischen Landboten** erschien die Übersetzung des Gedichts des Walther von der Vogelweide, vermutlich aus dem Jahr 1205

grobe Übertragung aus dem Mittelhochdeutschen:

(Niemand kann Kinder mit Schlägen erziehen, Hütet Eure Zungen, das gehört sich für die jungen, - Haltet Eure Augen auf und wachsam, lass sie sich nach guten Sitten umsehen und die bösen übersehen).

...und Schulfreunde

Zu Beginn der Schulzeit waren wir eine gemischte Klasse. Unsere Altersgenossen hiessen Klaus, Peter, Richard oder Jürgen. Namen wie Diego oder Billy Blue fanden in dieser Zeit bei den Standesbeamten keine Akzeptanz. Und meine Schulkameraden waren noch echte Kavaliere, ausgesprochen höflich und hilfsbereit. Jürgen, mein stiller Verehrer und ich hatten den gleichen Heimweg, er trug meinen Schulranzen stets bis zur Haustüre. Vater, der die letzten paar Meter unseres Weges beobachtete, frotzelte und nannte ihn „deinen Schatten"! Mein Freund Jürgen war Klassenbester und immer gut vorbereitet. Während einer Klassenarbeit brachte er das Diktatheft so in Schräglage, dass man, falls erforderlich, bequem abschreiben konnte. Er hatte grüne, leicht schräg stehende Augen und pechschwarzes Haar. Seine Haut war im Kontrast zum Haar milchig weiss, mit schokobraunen Sommersprossen gesprenkelt, so dass es aussah wie Stracciatella-Eis. Diese Minimalpigmentierung würde niemals Sonnenbräune zulassen.

Jahre später, als wir bei einem Klassentreffen in Erinnerungen schwelgten, fiel uns erst auf, dass Jürgen sich in unserer Mädchengruppe wohl fühlte, er hatte nie Streit mit anderen Jungs oder gar eine Rauferei. Er lachte gerne, aber irgendwie verschämt in sich hinein, wobei seine Schultern heftig auf und ab zuckten.

Bisweilen trug ich mit Absicht zu seiner Belustigung bei, schliesslich hatte ich den Spitznamen, die lachende Tomate und fühlte mich dem Image verpflichtet. Seine Hormone mussten ihn wohl in eine andere Richtung gedrängt haben. Wir aber waren damals unaufgeklärt, ganz und gar unbefangen, wirklich ahnungslos, was Hetero oder Homo bedeutet. Und das war gut so!

Ausserhalb der Schule hatten wir kaum Gelegenheit mit dem anderen Geschlecht in Kontakt zu treten. Beim Kindergottesdienst, sonntags um Elf, konnte man ein wenig mit den Ministranten flirten. Diese engelsgesichtigen Knaben im rotweissen Spitzenrock waren aber damit beschäftigt, sich nicht gegenseitig auf die Schleppe zu treten. In gleichmässiger Pendelbewegung schwenkten sie das silbern glänzende „Handtäschchen", bis der Weihrauchdunst aufstieg. Hellgraue Schwaden waberten durch das Kirchenschiff und weil alles benebelt war, konnten sie unsere schmachtenden Blicke nicht wirklich wahrnehmen.

Eines Tages aber zog ein „Neuer" in unsere Nachbarschaft, ein hübscher Lockenkopf und ein kleiner Filou. Seine Eltern übernahmen einen Tante Emma-Laden in unserem Viertel und Hans, der sich ein wenig angeberisch gab, spendierte ab und zu Bonbons.

Unter dem Vorwand, den Hund einer Nachbarin auszuführen, konnte ich Hans am späten Nachmittag, so „rein zufällig" über den Weg laufen.

In meiner kindlichen Einfalt beschrieb ich das Rendezvous in meinem Tagebuch, das dummerweise meiner Schwester in die Hände fiel. Völlig klar, dass die olle Petze dieses harmlose Geheimnis nicht mit mir teilte, sondern meine Mutter ins Bild setzte.

Darunter musste dann auch der arme Dackel leiden, weil ein zusätzliches Gassi gehen ausfiel.

Mitmenschen
eine Freude machen

Meine Vorliebe für Gedichte weckte das wohlwollende Interesse meiner Deutschlehrerin. Auswendiglernen fiel mir leicht, so wurde mir manchmal ein Lob zuteil, was wiederum meine Mitschüler ärgerte und sie wollten mich mit einem Streich aus dem Konzept bringen.

Das Lehrerkollegium bereitete ein Krippenspiel vor, das vor allen versammelten Klassen aufgeführt werden sollte, mir fiel eine „tragende" Rolle zu. Ich durfte einen Stern „hereintragen", als Engel verkleidet. In der Turnhalle war ein Podium aufgebaut, wir warteten aufgeregt, hinter den Kulissen mit Flügeln aus Pappe, die am Unterhemd angenäht waren. Dann kam mein Auftritt, stolz schwebte ich in die Mitte der Bühne, verneigte mich tief vor Maria und Josef und sah nach unten. Da stand vor mir auf dem Holzboden in grossen Lettern mit Kreide geschrieben:

Alicia ist doooof!

Das Publikum im Halbdunkel fragte sich verwundert, warum wohl ein Weihnachtsengel bei dieser Szene kichert!

Zum Trost für kranke Kinder, die das Christfest im Krankenhaus verbringen mussten, wurde das Krippenspiel am 24. Dezember nachmittags im Kinderkrankenhaus wiederholt.

Da stand ich nun im überhitzten riesigen Saal der Kinderabteilung, diesmal als Zwerg verkleidet mit Hasenfellmütze, innen gefüttert und altmodisch wie damals Kaffeewärmer aussahen, die man zum Warmhalten über die Kaffekanne stülpte. So erwartete ich einen neuen Streich meiner Klassenkameraden. Vielleicht eine Attacke mit Juckpulver, das hätte mir gerade noch gefehlt.

Vor Aufregung und Hitze feucht am ganzen Körper, die wollene Unterwäsche kratzte fürchterlich und immer mit der Angst im Nacken, jetzt den Text zu vergessen oder meinen Einsatz zu verpassen, wünschte ich sehnlichst das Ende der Veranstaltung herbei. Zahlreiche Ärzte und Schwestern waren anwesend, alle im weissen Kittel, dazwischen meine Deutschlehrerin, die das Ganze eingefädelt hatte.

Rechts und links im Krankenzimmer waren jeweils zehn Betten aufgestellt und alle belegt. Wir standen im breiten Gang in der Mitte, gut sichtbar und die Augen waren erwartungsvoll auf uns gerichtet. Den Anblick der vielen kleinen Patienten werde ich nie vergessen. Eine Mischung aus Erwartung aber auch Dankbarkeit für die willkommene Abwechslung lag in ihrem Blick. Aufrecht und mucksmäuschenstill sassen Jungen und Mädchen in ihren Betten.

Der Reihe nach, so wie wir es geprobt hatten, sagten wir unsere Gedichte auf, alles klappte gut, dann waren wir erlöst und machten uns erleichtert auf den Heimweg.

Die Erkenntnis, dass wir wieder nachhause durften und nicht wie die kleinen Patienten das Weihnachtsfest im Krankenhaus verbringen mussten, machte uns nachdenklich, und dankbar. In diesem Jahr war Weihnachten ein ganz besonderes Fest.

Vom Vater hab' ich die Statur des Lebens ernstes Führen vom Mütterchen die Frohnatur, die Lust zu fabulieren.

Einmal mehr muss Johann Wolfgang von Goethe zitiert werden, um meine Befindlichkeit zu beschreiben. Ja, ich habe immer noch Lust zu fabulieren. Literatur, Geschichte und Kunstgeschichte waren meine Lieblingsfächer. Noch heute habe ich Freude an Gedichten, Aphorismen auch an Wortspielen und Schüttelreimen. Durch Aufsätze mit Auszügen aus der klassischen Literatur konnte man damals die Deutschnote verbessern. Fräulein Ritter liess uns auch die freie Rede üben, es sollten möglichst lebhaft und anschaulich die letzten Ferienerlebnisse geschildert werden. Allerdings konnte niemand wirklich von einer Ferienreise erzählen, eine Urlaubsreise blieb für fast alle Deutschen lange Zeit ein unerfüllbarer Traum. Wer Glück hatte, durfte bei Verwandten auf dem Land die Ferienzeit verbringen.

Wieder einmal verbrachten wir die grossen Ferien bei Tante Maja und mit vielen Übertreibungen schwadronierte ich vom Besuch der Sickingerburg und beschrieb Kerker und Folterkammer, so gruselig, dass meine Mitschüler nur so staunten.

Ich war zwar nicht unbedingt ein Klassenclown, doch vielleicht wegen meines hohen Unterhaltungswertes wurde ich gerne zu Kindergeburtstagen eingeladen. Ich konnte Liedertexte umwandeln und Stimmen imitieren. Ich ahmte „Vico Torriani" nach und sang mit kehliger Stimme: „Adio Donna Gracia, in meiner Version: Addio Donna kratz mich mal".

Auch reüssierte ich mit bekannten Liedern aus dem Jahre 1944 von Zarah Leander und Marikka Rökk:

In der Nacht ist der Mensch nicht gern alleine, denn die Liebe im hellen Mondenscheine, ist das Schönste sie wissen was ich meine ....einerseits und andererseits und ausserdem.

Allerdings verstand ich den Text nicht so genau und sang „In der Nacht ist *d a s* Mensch nicht gern alleine, die Bezeichnung bedeutete damals umgangssprachlich, „geringschätzig oder abwertend" für eine weibliche Person, heute vergleichbar mit „Schlampe".

Die Erwachsenen lachten herzhaft über diesen Versprecher! Im Jahre 1949 hörte man Lys Assia mit einer wunderbaren Stimme singen: Oh mein Papa, auch das liess sich leicht ändern in: Ah mein Popo.

Es ist eine Besonderheit unserer deutschen Sprache, dass sich mit dem Austausch von einem einzigen Buchstaben ein völlig anderer Sinn ergibt. Hierzu möchte ich noch ein Beispiel geben: Ein Deutschlehrer sitzt am Frühstückstisch, die Gattin öffnet das Fenster und sagt, der Morgen graut, er antwortet:

d e m Morgen!

Hier der Beweis, welche gravierende Veränderung sich im Inhalt ergeben kann, nur durch das Verschieben der Kommata, am Beispiel eines Zeugnisses für eine Hausangestellte:

Treu und fleissig war sie (Komma) nicht gerne lassen wir sie ziehen.

Treu und fleissig war sie nicht (Komma) gerne lassen wir sie ziehen.

Freizeit, Spiel und Sport

Stromsperren waren in der Nachkriegszeit ein großes Hindernis. In einigen Großstädten gab es nur für 2 Stunden eine Zuteilung und manchmal ausgerechnet zwischen 24 Uhr und 2 Uhr nachts! In den Stunden dazwischen, kein Strom, kein Licht, kein Radio. Zeitweise fuhren Lausprecherwagen durch die Straßen, um die wichtigsten Meldungen, Informationen und Durchsagen an die Bevölkerung weiterzugeben.

Inwieweit heute die Menschheit im Computerzeitalter von einem längeren Stromausfall betroffen wäre, dieses Krisenszenario, lässt sich nur erahnen. Die Systeme würden kollabieren, kein Internet, keine Kommunikationsnetze, Bahn- und Flugverkehr, Geldautomaten, Supermärkte, und so weiter, alle Systeme kämen zum Stillstand. Die Aufzählung liesse sich beliebig fortsetzen und bereits nach 15 Minuten Stromausfall würden in Großstädten schon Plünderungen beginnen.

Von allen Wohltaten des technischen Fortschrittes in der heute so selbstverständlichen digitalen Welt konnten wir damals noch nichts ahnen. Es gab ein Leben ohne Laptop und I Phone! Die Familien sassen um den Tisch beim so genannten „Hindenburglicht", vergleichbar mit dem Teelicht im Marmeladenglas. Alle waren bestrebt, das Beste aus der Situation zu machen.

In manchen Familien gab es Musik von Hand gemacht, Heimatlieder und überlieferte Volksweisen wurden gesungen. Mundharmonikas waren beliebt und weitverbreitet, man versuchte auch, Melodien auf einem Kamm zu blasen, der zwischen zwei Streifen Pergamentpapier gehalten wurde. Es war die billigste Art zu musizieren, wobei das Gesumme gegen die Papiermembrane seltsame Geräusche erzeugte.

Das Wort „Langeweile" kam in unserem Wortschatz nicht vor. Der Tag war erlebnisreich und ausgefüllt. Zuerst kamen - wie ihr euch denken könnt – daran hat sich bis heute vermutlich nichts geändert – die lästigen Hausaufgaben. Danach besuchte man die Stadtbücherei um Lesestoff auszuleihen und nebenbei auch Besorgungen für die Eltern zu erledigen.

Im Sommer durchstreiften wir Schrebergärten, pflückten Brombeeren und was sonst noch über den Zaun wuchs und trugen die Früchte stolz in einer Milchkanne nachhause. In diese leicht zerbeulte Kanne wurde dann am nächsten Tag wieder Milch eingefüllt, die in der Aluminiumkanne erstaunlich kühl blieb.

Es gab eigens einen Milchladen mit einer Zapf-anlage, wie in einer Schankstube für das Fassbier. Auf dem Nachhauseweg schlenkerte man die Kanne mit ausgestrecktem Arm im Kreis herum, ohne dass ein Tropfen daneben ging, die Fliehkraft macht´s möglich.

Man verspürt direkt Lust, dieses heute nochmals zu probieren, doch es gibt in modernen Haushalten keine solchen Milchkannen mehr. Die heutigen Allzweck-behälter aus Plastik sind zwar leicht und bunt, er-lauben aber solche Scherze nicht. Man kann sich ausmalen, der Henkel reißt ab und die Kanne würde in hohem Bogen davonfliegen.

Damals konnte man in Gasthäusern oder Metzger-läden in diesem Gefäss auch Metzelsuppe abholen. Die Brühe, in der zuvor Würste und Kesselfleisch gegart wurde, bekam man kostenlos und es war ein nahrhaftes Gericht, besonders wenn Reste von ge-platzten Würsten darin schwammen. Angereichert wurde die Suppe noch mit handgemachten „Spätzle" oder „Knöpfle". Auch zu diesen Besorgungen wurden wir Kinder beauftragt und es gab kein Maulen und Murren. Zeit zum Spielen gab es noch genug.

Wir tobten und rollten uns herum auf Rasenflächen ohne Schilder: „Betreten des Rasens verboten, Eltern haften für ihre Kinder!"

Unsere Kinderbettchen waren mit Farbe gestrichen mit Inhaltsstoffen wie Blei und Cadmium, ebenso die Bauklötze, die wir begeistert in den Mund nahmen.

An Treppen gab es keine TÜV-geprüfte Kindersicherung, ebenso wenig an Steckdosen oder am Herd.

Wer nachts im Bett aufwachte musste laut brüllen, es gab kein Babyphon! Flaschen mit gefährlichem Inhalt konnten wir auch mit kindlicher Motorik leicht öffnen.

Wasser tranken wir aus dem Wasserhahn und nicht aus der PET-Flasche.

Wir durften draussen spielen, unsere Eltern wussten nicht einmal genau wo wir uns herumtrieben, es gab lange noch kein Mobiltelefon oder „Handy", aber wir waren pünktlich zur verabredeten Zeit zuhause! Kaum ein Kind hatte eine eigene Armbanduhr. Wir hörten auf den Glockenschlag der Kirchturmuhr, was damals keinesfalls als störend empfunden wurde.

Im Stadtgegebiet galt die Regel, sich auf den Heimweg zu machen, wenn die Straßenlaternen angingen.

Wir spielten in Grünanlagen und Parks, die noch nicht Versammlungsplatz von Schmutzfinken waren, es lagen keine Kondome oder gebrauchte Spritzen herum.

Wir hatten weder Playstation noch Internet - wir hatten Freunde!

Konktaktanfragen schrieb man auf einen Zettel (on paper und nicht online), wenn man sich ausserhalb der Schulstunden verabreden wollte. Ohne es zu wissen, kannten wir „multiple choice".

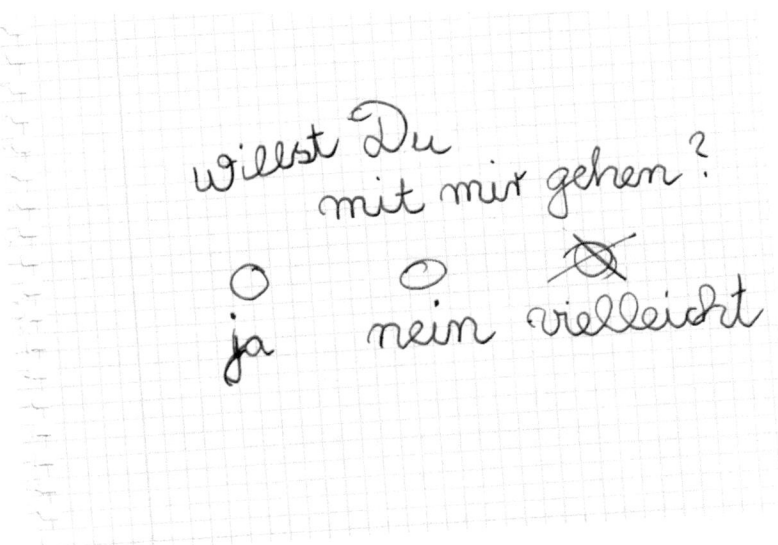

Wir spielten mit Murmeln, es gab Seifenkisten-Rennen oder Ballspiele. Wer nicht gut genug war musste zusehen und lernen, mit der Enttäuschung umzugehen, ohne Kinderpsychologen. Auch ohne den Einfluss allgegenwärtiger „Helikopter-Eltern".

Wir hatten Beulen, auch mal Schnittwunden, die genäht werden mussten, alles normale tägliche Unfälle und niemand wurde vor den Richter zitiert um Schmerzensgeldforderungen herauszuschinden.

Wir beschmierten keine Brückenpfeiler oder Wände mit Graffiti! Es gab nur Kreide, die vom Regen leicht weggewischt wurde.

Als die Zeit endlich reif war für den Erwerb des Führerscheins, gab es weder Nackenstützen noch Sicherheitsgurte, noch lange keine Airbags, aber seltsamerweise hatten die Fahrzeuge damals Liegesitze. (Honi soit qui mal y pense!)

In der Winterzeit waren die aufgeschütteten Schuttberge meist schneebedeckt und als Rodelbahn willkommen. Sobald es Minusgrade gab, befüllte die Feuerwehr auf dem Messplatz eigens eine vorbereitete Fläche mit Wasser, so dass man kostenlos Schlittschuhlaufen konnte. Natürlich hatten wir keine Schlittschuhe mit Stiefeletten, es gab einfach nur

Kufen, die an normalen Strassenschuhe angeschraubt wurden, man nannte sie „Absatzreisser".

Das häusliche Unterhaltungsprogramm bestand vorwiegend aus Handarbeiten, Basteln, Lesen und Malen. Es war die Blütezeit der Poesie-Alben, bunte Rosenbilder, wunderbar kitschig mit Engeln und Girlanden verziert, fanden sich im Album neben Gedichten und Texten, deren wahren Sinn man erst später erkannte. Der erste Eintrag lautete: Ich schreibe Dir aufs letzte Blatt, weil ich Dich am liebsten hab und wer dich lieber hat als ich, der schreibe bitte hinter mich!

Diese Poesiealben sind nicht mehr zeitgemäss aber wahre Fundgruben von besinnlichen und kindlichen Versen, manchmal auch aus heutiger Sicht peinlichen Sprüchen wie:

„Rosen, Tulpen, Nelken, alle drei verwelken, Stahl und Eisen bricht, aber unsere Freundschaft nicht". (Womöglich hatte Drafi Deutscher auch ein Poesiealbum mit diesem Text...?)

„Es begleite Dich täglich ein funkelnder Stern, der Glaube, die Liebe, der Segen des Herrn".

Bemerkenswert, weil er keinen Spruch aus der Heiligen Schrift gewählt hatte, war auch der Eintrag meines Kaplans: „Bewahre im höchsten Glück als auch im tiefsten Leid das Gleichgewicht".

Meine geliebte Tante Maja schrieb: „Zwei Lebensstützen brechen nie, Gebet und Arbeit heissen sie".

Die wirkliche Bedeutung habe ich Jahrzehnte später erfahren nach einem schweren Schicksalsschlag.

Ein Kind, das solch ein Glück hatte, geduldige Eltern oder ältere Geschwister zu haben, konnte Schach, Mühle, Dame, Mensch-ärgere-dich-nicht, Mikado, schwarzer Peter später auch Rommé und Canasta spielen.

Der Lerneffekt so ganz nebenbei war, Zahlen im Kopf zu addieren. Vor allem legten unsere Eltern Wert auf Ehrlichkeit und dies nicht nur im Spiel, und sie achteten darauf, dass man ein fairer Verlierer blieb. Es durfte nicht gemogelt und geschummelt werden, seltsam nur, dass trotzdem die Karte mit dem schwarzen Peter immer bei mir hängen blieb.

Als „Nesthäkchen" aufzuwachsen hatte Vorteile und Nachteile gleichermassen. Zum einen musste man die Kleider und Schuhe der Geschwister auftragen, zum anderen aber war es angenehm, wenn man in den Genuß des Vorlesens der abendlichen Gute-Nacht-Geschichten kam. Hier gehörte vor allem das „Struwwelpeter-Buch" zu den Favoriten. Die teilweise gruseligen Geschichten mit Zeichnungen, hatten schon im Erscheinungsjahr 1845 den Charakter eines Comic-Heftchens, man konnte den Verlauf der Ge-schichten anhand der bunten Bilder gut nachvoll-ziehen. Wir empfanden uns im Vergleich zu den Hauptfiguren als „brave" Kinder und beteuerten leicht überheblich, nein, wir würden niemals mit Streichhölzern spielen und das Haus anzünden. Auch den Suppenkasper konnten wir nicht verstehen, Teller leer essen war eine Freude und mit dem Zappelphilipp hatten wir auch nichts gemein! Jedoch, die Erzählung vom Hans guck in die Luft, der verträumt den Schwalben am Himmel zusah, anstatt auf den Weg zu achten, dann ins Wasser plumpste, wiederholt sich heute auf kuriose Weise. Mit ein wenig Schadenfreude kann man in Fussgängerzonen Menschen wahrnehmen, die gebannt auf ihr Mobil starren, wie einst Hans guck in die Luft. Passanten werden angerempelt und plötzlich machen sie auf schmerzhafte Weise Bekanntschaft mit einem Laternenpfahl, der dummerweise im Weg steht.

Anmerkung: die Hausmärchen der Gebrüder Grimm wurden 1945 in der westlichen Besatzungszone verboten.

Zur Unterhaltung für uns alle, kam später das besagte Radiogerät hinzu und es bedeutete Information, Abwechslung und Spassfaktor zugleich.

Beschwingt zur Musik klapperten am Abend Mutters Stricknadeln. Zuweilen musste man seine Beschäftigung unterbrechen und mit ausgestreckten Armen einen Wollstrang halten, bis Mutter ein neues Wollknäuel zum strickfertigen Ball aufgerollt hatte, dann kurz, bevor die Arme steif waren und man dachte sie fallen gleich ab, wurde man erlöst.

Bis in die 50er Jahre waren Hörspiele vor allem an regnerischen Sonntagen überaus beliebt. Theater und Kinosäle waren in dieser Zeit noch weitgehend zerstört. 1954 wurde das Nationaltheater eingeweiht, bis dahin hatte der soziale Wohnungsbau Vorrang. Heute erfahren Kurzgeschichten, Kriminalspiele und Bestseller eine erfreuliche Wiederbelebung durch Hörbücher.

Non vitae sed scholae discimus

Schon Seneca beklagte also, dass die Erziehung in der Schule kaum dazu geeignet sei, junge Menschen auf das Leben vorzubereiten. Haben wir nun für die Schule gelernt oder für das Leben?

Was ist übrig geblieben, vom Lernstoff, würde er ausreichen um bei „Wer wird Millionär" wenigstens die 16.000 Euro Stufe zu erreichen mit allen Jokern?

Wir lernten Schillers Lied von der Glocke, wir konnten teilweise das lyrische Gedicht des Minnesängers Walther von der Vogelweide zitieren, Goethe´s Erlkönig oder den Zauberlehrling aufsagen. Wenn mich aber der Moderator nach dem Geburtsnamen von „Lady Gaga" fragen würde, müsste ich passen, wen könnte man anrufen?

Unsere Pädagogen legten grossen Wert auf Auswendiglernen, noch in der Oberstufe waren Gedichte ein wesentlicher Baustein des Unterrichts. Mit verteilten Rollen wurden Klassiker gelesen. Unzählige Reclam-Heftchen wurden benötigt. Alle diese nicht eingeplanten Bildungsausgaben, waren zu bestreiten, auch Klassenfahrten oder Ferien im Landschulheim belasteten zusätzlich das schmale Haushaltsbudget.

Aus einem dieser Reclam-Heftchen lasen wir Lessings „Nathan der Weise", danach wurde die Ringfabel besprochen. Einmal mehr wurde ich beim Träumen ertappt und sollte ein geflügeltes Wort aus diesem Werk wiedergeben. Herausgerissen aus dem Tagtraum fiel mir nichts ein und zitierte stotternd: „Ich sehe die Kamele meines Vaters"...

Hätte ich nur den Lehrer nicht so frech angeschaut, die Schulkameraden lachten wieder einmal wegen dieser Steilvorlage für eine Stunde Nachsitzen.

Später bekamen wir ermässigte Karten für die Jugendbühne des Nationaltheaters. Im alten, vom Krieg verschonten Lichtspielhaus Schauburg wurde der Theaterbetrieb wieder aufgenommen. Meine unvergessliche erste Aufführung war Schillers Kabale und Liebe. Leider war die Akustik dermassen schlecht, dass man die wichtige Szene, kaum verstand, als Luise dem Geliebten den Gifttrunk reichte,. „Luise, die Limonade schmeckt so bitter", es hörte sich genuschelt an wie: „Nuise die Nimonade *meckt* so bitter....."

Was davon als Erkenntnis bleibt, dass Ferdinand ein reicher Waschlappen ist und Luise ist arm aber auch nicht schlauer. Am Ende sind beide tot.

Als die Spielzeit im neuen Theater begann, hielten wir mehr als drei Stunden Schillers Räuber aus. Ein „Muss" für uns Schüler, schließlich wurde dieses Stück in Mannheim 1782 uraufgeführt.

Der Name Schillerbühne ist bis heute geblieben. Hier fieberte der junge Dichter verborgen in einer Loge dem Applaus entgegen.

Wie würde das Stück aufgenommen? Das Publikum war geteilter Meinung, gegen Ende des 3. Aktes erhoben sich Herren von ihren Plätzen, die Fäuste geballt. Vornehme Damen stampften mit den Füßen, jedoch einander völlig fremde Menschen fielen sich weinend in die Arme. Der Theatersaal glich einem Tollhaus. Schiller war ausser sich vor Glück, als er mit tosendem Beifall gefeiert wurde.

Der bislang unbekannte Dichter wurde mit dieser Aufführung mit einem Schlag berühmt.

Da er eine Stelle als „Hausautor" des Theaters antrat war sein Aufenthalt in Mannheim für längere Zeit gewährleistet. Sein Wohnort im Mannheimer *Quadrat B5 wurde vom Reiss-Engelhorn-Museum zum „Schillerhaus" umgebaut. Hier durchlebte er zahlreiche Frauengeschichten, war immens verschuldet und verließ die Stadt fluchtartig.

Falls bei den Aufführungen mehrere Komparsen benötigt wurden, verdingten sich einige unserer Mitschüler gerne als Statisten, weil sie sich davon etwas Taschengeld, oder auch freien Eintritt für andere Aufführungen erhofften.

Wir kicherten, wenn wir unsere Schulkameraden in Massenszenen, oder in kleinen Gruppen als Gefolgsleute von Königen entdeckten, meist auch in seltsamer Bühnenkleidung. Sie verrieten uns den Text, mit dem sie „Volksgemurmel" vortäuschen mussten, nämlich, durch wiederholtes Flüstern von „Paprikaschnitzel, Schnitzelpaprika, Paprikaschnitzel, immer wieder Schnitzelpaprika,...`

*Anmerkung:

Die Mannheimer Innenstadt ist nicht mit Straßennamen gekennzeichnet, sondern in Quadrate aufgeteilt, A, B, C, usw. Plus Nummern, daher der Name Quadrate-Stadt.

(beispielsweise Rathaus Mannheim, E 5)

Ähnlich wie der Stadtkern von Karlsruhe, genannt auch die "Fächerstadt".

Sport, Mathematik

Der Sportunterricht hieß damals altmodisch: „Leibesertüchtigung" Zwar brachte die Turnstunde ein wenig Abwechslung in unseren Schulalltag, aber auch hier boten wir eher ein trauriges Bild. Unterernährt und kraftlos hingen wir am Reck und in den Seilen. Die viel zu weiten Turnhosen schlotterten nur so um die dünnen Beine, die blass aussahen wie Neonröhren, während wir uns an den Geräten abmühten.

Für das grosse Sportfest, das einmal im Jahr im Stadion stattfand, mussten Schüler aller Altersstufen nach einheitlicher Choreographie folgende Übungen einstudieren. In jeder Hand hielt man eine Holzkeule, die nicht allzu viel Gewicht hatte. Wir fangen mit einem Schwung nach links an, dann nach rechts schwenken, nochmal von links im Kreis über den Kopf und wieder von vorne. Wir übten so lange, bis alles synchron ablief. Aus dem Lautsprecher dröhnte Musik im Dreivierteltakt. Alle Schulklassen waren nach Grössen geordnet aufmarschiert, versammelten sich zu einer Massenveranstaltung im Stadion. Nach Vorschrift gekleidet, im weissen Trägerhemd und in schwarzen kurzen Hosen. Im gleichen Abstand ausgerichtet standen wir barfuss auf dem Rasen.

Mich schaudert noch heute bei der Vorstellung, dass die Lehrerschaft genau da weitermachte, wo sie vor dem Krieg aufgehört hatte.

Die Kombination der Lehrfächer Mathematik und Sport gab es nicht. Unser „Mathe-Lehrer," Dr. Beck war ganz und gar unsportlich und in reiferen Jahren. Gleichzeitig war er Rektor, berühmt und gefürchtet für seine Strenge, hier hatten wir auch nichts zu lachen.

Meine Freundin Uta eilte mit mir jeden Morgen im Laufschritt zum Schulgebäude. Immer waren wir zu spät dran und schafften atemlos gerade noch das erste Läuten.

Meist ohne die geforderten Mathe-Hausaufgaben, diese wollten wir flugs bei den begabteren Mit-schülerinnen abschreiben. Oft machte uns Dr. Beck einen Strich durch die Rechnung. Noch vor Beginn der ersten Stunde, riss er die Türe des Klassenzimmers auf und sammelte die Hefte ein!

Pech gehabt!

...und Physik

Die letzten beiden Stunden zogen sich zäh dahin wie Tapetenkleister, die Klasse war unkonzentriert und abgeschlafft. Vereinzelt hörte man deutlich in die Stille hinein einen Magen knurren. Unser Physiklehrer zog alle Register seines pädagogischen Könnens, um uns aus dem Dämmerschlaf zu holen und erneut zur Mitarbeit zu bewegen.

Was würdet ihr mitnehmen auf eine einsame Insel fragte er plötzlich. Wir schauten einander ratlos an, allgemeines Achselzucken. Dann hatte ich eine Idee und meldete mich mit Fingerschnippen.

Einen Spiegel – die Klasse johlte. Typisch Tomate, nichts zu essen aber an Kosmetik denken. Nein wartet doch mal verteidigte ich mich, mit dem Spiegel könnte man Sonnenlicht einfangen und Lichtsignale geben, falls ein Schiff vorbeikäme.

Wieder stöhnte die Klasse, diesmal stand aber ein geflüstertes „Klugscheisser" im Raum. Unser Lehrer grinste, drehte sich um zur Tafel und war dank der wiedergewonnenen Aufmerksamkeit erneut bei seinem Lehrstoff.

Mister Simon

Endlich gelang es meinen Geschwistern unsere Mutter von der Wichtigkeit des AFN zu überzeugen, des amerikanischen Radiosenders, den wir unbedingt hören wollten. Unser Hauptargument war, es käme der Aussprache und dem Vokabelschatz zugute. In Wirklichkeit aber war die beschwingte Musik im Vordergrund.

This is the „American Forces Network" and here comes the Duffle Bag, so lautete die Anmoderation mit der unvergesslichen Stimme des Sergeant *Jonny Kerr and his relaxed style and a guarantee of the very best american popular music.* Schon längst hatten wir Freude am flotten Rhythmus des Swing. Wir liebten Benny Goodman und Glenn Miller, denn ein Tag beginnt gut mit *„in the mood".*

Wir bemühten uns auch die Liedertexte zu verstehen, die Aussprache nachzuahmen und fühlten uns gewappnet für die Anforderungen der Oberstufe. Unser neuer Englischlehrer, Herr Simon, prüfte erst einmal unseren Wissensstand. Wir gaben unser Bestes, doch danach bemerkte er mit mildem Lächeln, wir sollten doch bitte nicht sprechen als ob wir eine heisse Kartoffel im Mund hätten.

Mr. Simon war very british, ein Gentleman vom Scheitel bis zur Sohle. Er erschien stets in feinem Zwirn in dezentem Grau mit Nadelstreifen oder aber im Sakko aus Tweed, die Quintessenz der englischen Mode, mit passender Krawatte und Einstecktüchlein. Gestärkte Hemdkragen und Ärmel, Manschetten-knöpfe mit Gravur und eine Krawattennadel waren obligatorisch.

Einmal im Jahr, wenn das deutsche Fernsehen zu Silvester *„Dinner for one"* wiederholt, sehe ich Ähn-lichkeiten zwischen dem Butler Freddy Frinton und unserem sehr engagierten Englischlehrer. Seinen *Messerschmitt Kabinenroller* parkte er in einer Seiten-strasse und nach Schulschluss beobachteten wir heimlich, wie er sich mit seinem Bäuchlein hinter das Lenkrad klemmte.

Vermutlich ist die positive Erinnerung darauf zu-rückzuführen, dass Herr Simon bei der Abschluss-prüfung eine Brücke baute und uns keine sprachlichen Stolpersteine in den Weg legte. Er las betont langsam und mit deutlicher Aussprache, gleich ob man es BBC oder Queens Englisch nennt, eine spannende Kurz-geschichte vor, die wir als Prüfungsaufgabe nach-erzählen sollten. Getestet wird hier nicht nur der eigene Wortschatz, sondern auch die Fähigkeit des „aktiven Zuhörens", eine Übung, die auch heute noch in vielen Management-Seminaren praktiziert wird.

Wegen der unerwarteten Pointe könnte es eine Geschichte von Roald Dahl gewesen sein, die meist ein überraschendes Ende nehmen, daher möchte ich sie gerne wiedergeben:

Ein Landedelmann plante seine Vermählung. Der Majordomus wurde angewiesen, das Allerbeste aus Küche und Keller zu beschaffen. Die leibeigenen Bauern und Jäger lieferten eiligst gut abgehangene Schinken, Kapaunen, Wachteln und Wildbret, geräucherte Würste, Gemüse und Waldfrüchte, Honig und Nüsse, Biere und Klosterliköre, gereifte Käselaibe und mehrere Fuder Wein für ein opulentes Festmahl. Es fehlte jedoch eine wichtige Komponente für die Tafel, nämlich ein Fisch, der Koch war „not amused", ja fast verzweifelt. Herolde wurden erneut ausgesandt und die Kunde verbreitete sich rasch, es würde demjenigen, der einen Fisch beschaffen könne, ein reicher Lohn zuteil.

Tatsächlich erreichte ein Bauersmann noch vor Beginn der Festlichkeiten das Tor des Landsitzes und brachte auf seinem Ochsenkarren einen grossen Zuber, aus dem Wasser schwappte. Darin schwamm ein fetter, grünlich schillernder Karpfen, noch quicklebendig. Der Wächter jedoch, der von der Belohnung natürlich wusste, liess den Überbringer erst dann passieren, als ihm der Bauer versprach, seinen Lohn mit ihm zu teilen. Der Küchenmeister geriet beim Anblick des Fisches in Verzückung „mouth watering" rief er aus und schickte sich an, in Münzen zu bezahlen. Nein, sagte der Landwirt bescheiden: *Ich nehme 50 Hiebe mit dem Rohrstock"!*

So bleibt bei lebendig vermitteltem Stoff durch engagierte Lehrkräfte immer etwas hängen.

Was mich wiederum zu einem Merksatz unseres Lateinlehrers führt:

Semper aliquid haeret!

Monsieur Lapin

Eigentlich nannte sich unser Lehrer für das Pflichtfach Französisch Herr Haas. Aber ich habe ihn absolut in unangenehmer Erinnerung. Ein Lehrer, den man lieber Pauker nannte und seine Bemerkung, wer jetzt nichts lernt sitzt später in der Volkshochschule, blieb mir im Gedächtnis, sonst aber keine bemerkenswerte Episode.

Monsieur Lapin war rein äusserlich betrachtet ein drahtiger Asket, nicht grösser als einmeterfünfzig und wie so oft bei kleinwüchsigen Herren zutreffend, von grossem Geltungsbedürfnis. Es manifestierte sich in seinem Habitus: ich bin Euer Herr und Meister – und so fühlten wir uns auch, klein, unbedarft und minderwertig. Er hielt sich stur an den vorgegebenen Text im Lehrbuch. Monsieur Lapin schien unbegabt und unfähig, Begeisterung für die französische Sprache zu erwecken.

Lehrkräfte, die ihre Schüler spüren lassen, dass man sie gerne unterrichtet, erhalten immer auch eine positive Resonanz. Bei unserem Pädagogen konnten wir keinerlei Enthusiasmus wahrnehmen. Ein lebendiger Unterrichtsstil mit positiven Emotionen hätte unsere Aufmerksamkeit und die Motivation erhöht.

Beispielsweise kann ein beliebtes Zitat von Antoine de Saint-Exupéry der Inspiration dienen.

„Wenn Du ein Schiff bauen willst, dann trommle nicht Männer zusammen um Holz zu beschaffen, Aufgaben zu vergeben und die Arbeit einzuteilen, sondern lehre die Männer die Sehnsucht nach dem weiten, endlosen Meer".

Eine persönliche Geschichte, ein Reiseerlebnis oder eine Erfahrung aus seiner Studienzeit, nur mal so eingestreut zur Auflockerung des Unterrichts, kam niemals über seine Lippen. Ein für allemal hat er mir die Freude an der wunderbaren und wohlklingenden französischen Sprache verdorben. Meine Bewunderung aber für die Grand Nation ist ungebrochen und nach wie vor bleibt Frankreich ein bevorzugtes Reiseziel.

Zugegeben, später saß ich doch in der Volkshochschule allerdings, um die spanische Sprache zu lernen.

Meine tiefe Dankbarkeit gilt an dieser Stelle meinen Eltern, die früh die Weichen gestellt haben zu einer guten Schulbildung und Berufswahl.

Alltägliches ...und Waschtag

Eine grosse Plage und körperliche Schwerstarbeit war nicht nur für meine Mutter, auch für alle andere Hausfrauen damals ein Waschtag.

Meist fand die Prozedur an einem Montag statt, da man vom Sonntagsessen noch Reste übrig hatte, damit war das Kochen schon mal erledigt. Einige Wohnhäuser besassen eine Gemeinschaftswaschküche mit einem grossen Bottich, der mit Holz oder Kohle beheizt wurde. Über Nacht wurde die Wäsche eingeweicht und stückweise Kernseife dazu gegeben.

Frühmorgens begann dann der Waschtag mit Aufheizen des Kessels, bis die Waschlauge kochte. Nach dem Abkühlen wurden die Teile in eine Zinkwanne umgefüllt und mit einer Scheuerbürste geschrubbt. Auf einem Waschbrett (ein Holzrahmen, in der Mitte war ein wellenförmiges Metall) musste man zusätzlich die besonders verschmutzten Stücke abreiben und rubbeln.

Nach dem Klarspülen kam das kraftraubende Auswringen. Manche Waschküchen hatten bereits eine Wäschepresse, das heisst, grosse Teile wie Bettlaken wurden zwischen zwei Holzrollen geschoben, die mit einer Handkurbel gedreht wurde.

Alles in allem eine zeitraubende und höchst anstrengende Tätigkeit. Wer in der glücklichen Lage war, eine Wiese in der Nähe zu haben, konnte die grossen Teile zum Bleichen ausbreiten. Die Sonne tat ihr Bestes und die Wäsche kam weiss und nach frischer Luft duftend ins Haus zurück, immer vorausgesetzt, dass Vögel und Haustiere keine Spuren auf dem „Hausschatz" hinterliessen.

Wenn man Omas heute nach ihren damaligen Erfahrungen fragt, würden sie in erster Linie über Erkältungen klagen, auch über geschwollene und zerschundene Hände, wund vom Rubbeln am Waschbrett und durch das Eintauchen in die Lauge, Sehnenscheidenentzündungen vom Auswringen, Rückenschmerzen durch die gebeugte Haltung, Unterleibserkrankungen vom schweren Heben waren unmittelbare Folgen der Plagerei am Waschtag.

Die erste elektrische Waschmaschine wurde in USA bereits 1901 entwickelt, aber die Elektrizität in den Privathaushalten war noch eine absolute Seltenheit.

In Deutschland kam Anfang der 50er Jahre der erste Waschvollautomat „Constructa" auf den Markt.

Ein Werbeprospekt verkündete hierzu: die mühevolle grosse Wäsche besorgt für sie die *Constructa*, vom Einweichen bis zum Trockenschleudern. Natürlich völlig selbstständig und ohne Aufsicht – eben wirklich vollautomatisch. Allerdings war die Constructa zu einem Preis von 2.000 DM für „Otto Normalverbraucher" noch unerschwinglich.

Bereits 1907 wurde von Henkel das erste Waschmittel PERSIL produziert.

Der Name setzt sich zusammen aus Natrium-PERborat und SILikat zusammen. Natriumperborat bleicht Flecken, Silikat transportiert den abgelösten Schmutz. In Chemnitz erfand 1937 Heinrich Gottlob Bertsch das erste vollsynthetische **Fe**in**wa**schmittel, vielen noch unter dem Namen FEWA ein Begriff.

Neben Persil und Fewa haben uns seit Kindertagen viele weitere Produkte begleitet. Nivea gibt es seit mehr als 100 Jahren. Tempo wird bereits 1929 als Warenzeichen geführt und die blütenzarten Kölln Flocken sind seit 1937 eine eingetragene Marke. Auch Brandt Zwieback gibt es seit 1912.

In Deutschland kamen Pampers 1973 auf den Markt. Zuvor wurden Baumwolltücher zum Dreieck gefaltet und als Windel verwendet. Je nach Verschmutzung wurden die Babywindeln in Eimer so lange eingeweicht, bis der „Inhalt" gelöst war. Danach gespült, dann der Hygiene wegen gekocht und sogar gebügelt, alles der Keimtötung wegen. Aber der Stoff kratzte unangenehm am zarten Babypopo.

In unserer heutigen Welt kann man sich diese Tätigkeiten nur noch schwer vorstellen, wir wechseln die Kleidung so oft wir wollen, dann ab in die Maschine, Klappe auf, Waschmittel dazu, Wasser Marsch und nach kurzer Zeit im Trockner können wir die Lieblingsstücke gleich wieder anziehen.

Es lebe der Fortschritt!

Ruinen als Abenteuerspielplatz

Alle packten beim Wiederaufbau nach besten Kräften mit an. Die Ruinen sollten schnellstmöglich beseitigt werden. Viele Helfer meldeten sich freiwillig, wer arbeitete bekam zusätzliche Lebensmittelmarken.

Viel beachtet war und ist die enorme Leistung der zahlreichen *„Trümmerfrauen",* die mit körperlicher Schwerstarbeit und meist mit leerem Magen einen grossen Verdienst am Wiederaufbau Deutschlands erbracht haben.

Sie klopften Mörtelreste von den Ziegeln ab, Ketten wurden gebildet, die Backsteine weitergereicht und auf Karren verladen. Männer wurden zu „Räumkommandos" eingeteilt. Auch dieses Wort ist negativ besetzt und hat einen bitteren Beigeschmack. Seltsamerweise gehen andere Menschen damit entspannter um und nennen ihren Kegelclub „Räumkommando".

Aber wohin mit dem ganzen Schutt? An freien Plätzen, zum Beispiel am alten Messplatz, waren riesige Schutthalden aufgetürmt und ein anderer Hügel aus Steinen und Geröll entstand in der Nähe

167

des Rheinufers. Dieser wurde später begrünt und mit einem Pavillon verziert, der sich harmonisch in die Parklandschaft einfügte. Die Bevölkerung nannte ihn liebevoll „Monte Scherbelino".

Das tägliche Leben verbesserte sich zusehends. Nach Inkrafttreten des Marshallplans und der Währungsreform waren wichtige wirtschaftliche Impulse für den Neuanfang gegeben. In einigen Städten nutzten die Stadtplaner tatsächlich die Zerstörungen für eine umfangreiche zukunftsorientierte Neugestaltung. Schnellstmöglich mussten für Heimatlose, ausgebombte Mitbürger und Vertriebene neue Wohnungen geschaffen werden. Die Vergabe der benötigten Kredite für die Gemeinden war durch den Marshallplan über die KfW, die Kreditgesellschaft für Wiederaufbau, geschaffen. Neue Stadtviertel mit breiteren Strassen entstanden, bereit für den Anstieg des Autoverkehrs.

Auch die Überreste unseres zerstörten Nachbarhauses waren inzwischen entfernt. Übrig blieben einige Grundmauern, Kellergewölbe, halbe Treppen, die ins Nichts führten und Teile der hinteren Fassade, an denen noch die Farben und Muster der getünchten Wände oder Tapetenfetzen zu sehen waren. Zum Gehweg hin wurden mehrere Metallrohre vorsichtshalber zusammengeschweisst, damit niemand in die Grube fallen konnte.

Für uns Kinder war es vor allem ein Abenteuer-spielplatz. Eine nahezu perfekte Theaterkulisse, mit versetzten Ebenen, in unserer kindlichen Phantasie vergleichbar mit einer Freilichtbühne. Es war nur noch eine Frage der Zeit, bis wir die Ruine als Basislager und Versteck übernehmen konnten. Die Mutigsten und Älteren unter uns schlichen zuerst zwischen den Mauerresten umher und prüften, ob die Zwischen-decken und Treppen unserem Gewicht standhalten würden. Es rutschten keine Steine nach, also fühlten wir uns sicher.

Wir spielten mit Inbrunst und Hingabe die uns bestens bekannten Märchen nach, hierzu brauchte man kein Drehbuch. Eines Tages wagten wir die Premiere mit Dornröschen vor geladenem Publikum. Eltern und Geschwister, sogar Kinder aus anderen Cliquen, die wir sonst nie dabei haben wollten, wurden eingeladen. Alle wurden gebeten, eine eigene Sitzgelegenheit mitzubringen. Für unseren Theater-fundus hatten wir zuhause und bei Verwandten alte Decken, Kisten und Vorhangstoffe erbettelt, um der Bühne wenigstens andeutungsweise ein schloss-ähnliches Ambiente zu verleihen.

Wir probten nicht oft, denn der Inhalt war ja hinreichend bekannt, ausserdem durfte nach Her-zenslust improvisiert werden. Unser Mitbewohner Rolfi, der kleine Feigling weigerte sich sogar, bei der Generalprobe mitzuwirken. Er war körperlich der Schmächtigste und musste den Küchenjungen spielen, wollte aber nicht, dass wir öfter als nötig die Ohrfeigenszene an ihm übten.

Es war völlig klar, dass Jürgen mein Schatten, den Prinzen mimte und ich gab das schlafende Dornröschen. Wir fieberten der Aufführung coram publico entgegen und vor allen Dingen dem eigentlichen Höhepunkt, dem Kuss des Prinzen. Das Erwachen war ein Kinderspiel und als krönender Abschluss sollte gefeiert werden, natürlich mit Schaumwein.

Zu diesem Behufe haben wir das beliebte rosa Brausepulver aus der Tüte in einer Sprudelwasserflasche aufgelöst. Was wir nicht bedachten, war, dass durch das Herumfuchteln mit der Brauseflasche sehr viel Druck entstand. Mit einer generösen Handbewegung öffnete der Prinz den Bügelverschluss der Flasche, der gesamte Inhalt schoss heraus und ergoss sich schäumend über die Zuschauer in der ersten Reihe.

Es liegt auf der Hand, dass bei Wiederaufnahme des Stückes keine Zuschauer bereit waren, der Aufführung beizuwohnen.

Ausflüge, Heimatkunde
und die erste Liebe

Unsere Eltern waren bestrebt, mit uns im Schlepptau, bei guten Wetteraussichten am Wochenende aus der Grossstadt zu fliehen, um die Freizeit in Wald und Natur zu verbringen. Aber auch Schlösser, Burgen und andere Sehenswürdigkeiten wurden zum sonntäglichen Ziel erklärt, sofern sie ohne grossen finanziellen Aufwand erreichbar waren.

Die Mühen und Anstrengungen unserer Eltern im Rahmen ihrer bescheidenen Mittel, Heimatkunde und Kultur an uns heranzutragen rührt mich noch heute und erfüllt mich mit grosser Dankbarkeit.

Auch der Pflichtbesuch in der Mannheimer Kunsthalle, war als Schlechtwetterprogramm vorgesehen. Ein imposanter Jugendstil-Bau im Herzen der Stadt. Getreu dem Gründungsmotto „Kunsthalle für alle", war einmal im Monat der Eintritt frei, darum wurden wir angehalten, diese Vergünstigung auf jeden Fall zu nutzen.

Staunend standen wir Kinder vor dem übergroßen Gemälde von Edouard Manet, das die Erschießung des

Kaisers Maximillian darstellt. Das Werk durfte nach seiner Entstehung 1869 nicht öffentlich gezeigt werden, da Manet den Soldaten französische Uniformen anstelle der mexikanischen Montur verpasst hatte.

Beim Betrachten des Ölgemäldes, das in beinahe fotografischer Qualität die Hinrichtung dokumentiert, beschlich uns ein beklemmendes Gefühl. Jedoch beim Anblick von Barlachs Bronze „der singende Mann," der gelöst und mit entspannter Heiterkeit sich selbst und seine Zuhörer erfreut, brachte uns auf dumme Gedanken. Wir malten uns aus, ob man unbemerkt ein „Pfälzer Schoppeglas" neben ihm platzieren könnte.

Immer wieder faszinierte auch das Gemälde der „Nanna" von Anselm Feuerbach. Eine römische Schönheit und seine vielfach porträtierte Muse und Geliebte, ein Elixier seiner Leidenschaft.

Weiter in die Umgebung hinaus brachten uns öffentliche Verkehrsmittel zu den erreichbaren Sehenswürdigkeiten:

Die Burgen Weinheims, das Kloster Maulbronn, den Dom zu Speyer, nebst dem nur ein paar Schritte entfernten Historischen Museum der Pfalz, um nur einige Ziele zu nennen.

Ausserdem besuchten wir Amorbach, Miltenberg, Stuppach, um das Madonnenbildnis von Matthias Grünewald zu bewundern.

Ehrfürchtig bestaunten wir den berühmten Marienaltar des Bildhauers Tilman Riemenschneider in Creglingen. Ein filigranes Kunstwerk mit Figuren aus Lindenholz, das die Seele berührt.

An Regentagen konnte man in der Universitätsbibliothek der zauberhaften Stadt Heidelberg die „Manessische Liederhandschrift" bestaunen und auch, weil Heidelberg mit der OEG leicht erreichbar war, führte uns der Sonntagsausflug mehrmals zum Heidelberger Schloss. Zu jeder Zeit ein lohnendes Ziel, sogar im Herbst, wenn der rote Sandstein von buntem Laub umrahmt wird.

174

Die wechselvolle Geschichte hier wiederzugeben würde zu weit führen. Dennoch muss die wohl berühmteste Tochter der Stadt Heidelberg noch erwähnt werden:

Lieselotte von der Pfalz.

Im kurfürstlichen Schloss erlebte sie unbeschwerte Jugendjahre, bis sie gegen ihren Willen und aus Gründen der Staatsräson mit dem Herzog von Orléans, dem Bruder des Königs Ludwig XIV, verheiratet wurde. Das Leben am Hofe wurde durch ihre umfangreiche Korrespondenz, insbesondere mit der geliebten Tante Sophie dokumentiert. Davon sind cirka 6.000 Briefe erhalten und stellen einen enormen Schatz für Historiker dar. Die unverblümte, humorvolle ja, manchmal derbe Beschreibung der Umstände am Hofe, auch zu Versailles, die Intrigen der Hofschranzen und Maitressen sind wertvolle Zeitdokumente.

Nach dem Tod ihres Gemahls Philipp von Orléans machte Ludwig XIV Erbansprüche geltend und ließ 1688 seine Truppen in der Pfalz einmarschieren.

Wie sehr Lieselotte unter der Zerstörung ihrer Heimat gelitten hat beschreibt ein Brief von November 1688 über die Zerstörung Mannheims:

...das macht mir das Hertz blutten, undt man nimbt es mir noch hoch vor übel daß ich trawerig darüber bin..."

Immer wieder standen wir staunend vor der reichhaltigen Fassade des Ottheinrichsbaus, der zu den bedeutendsten Bauten der deutschen Renaissance gehört, gebaut aus Neckartäler Sandstein. Zum Ausruhen bot sich dann der Schlosspark an mit romantischen Wegen und Nischen, an denen nachweislich Goethe mit seiner großen Liebe Marianne von Willemer mehrmals ein „Stelldichein" hatte.

Seit die Soldaten Ludwigs XIV das Schloss 1689 zerstörten wurde es nur teilweise wieder restauriert. Der pfälzische Erbfolgekrieg wütete in der gesamten Kurpfalz. General Mélac und seine Truppen zerstörten auch Ladenburg, Mannheim, Speyer, Worms, Frankenthal und unzählige Dörfer. Ebenso mussten Bretten, Maulbronn, Pforzheim und Baden-Baden das gleiche Schicksal erleiden.

Vom Heidelberger Schloss reicht bei klarem Wetter der Blick von der Aussichtsterrasse bis zur Haardt. Dieses Ziel bot sich zum nächsten Sonntagsausflug an. Nahe an der Weinstrasse gelegen, besuchten wir dort Battenberg und die kleine Burgruine. Hier soll General Mélac bei einem Saufgelage die Feuersbrunst rund um Heidelberg, die bis in die Pfalz zu sehen war, gefeiert haben.

Aus seinem Privatbesitz liess er Gold- und Silbergegenstände einschmelzen, davon Münzen prägen, bezahlte damit seine Truppen, um die Moral aufrecht zu erhalten.

Im Südwesten wird noch heute sein Name zum Inbegriff für „Mordbrenner". Noch bis ins 20. Jahrhundert gaben Landwirte in dieser Gegend den bissigen und besonders bösartigen Hofhunden den Namen „Mellak". Das in der Kurpfalz oft gebrauchte Schimpfwort „Lackel" soll auf diesen Namen zurückgehen.

Es gab in diesen mageren Jahren ab und zu auch ein kostenloses Vergnügen. In Parkanlagen fanden sonntags Platzkonzerte statt und eine spielfreudige Musikkapelle der Feuerwehr brachte den Florentiner Marsch oder die leichte Kavallerie zu Gehör.

In der kalten Jahreszeit war der Besuch der Museen an der Reihe und im Reiss-Museum ist mir das Laufrad von Drais im Gedächtnis, das wir Kinder besonders lustig fanden. Ein Fahrrad aus Holz, noch ohne Pedale, bei dem man trotzdem laufen musste. Wie sehr musste die Bevölkerung damals beim Anblick gelästert haben, als 1817 Karl von Drais seine Erfindung vorstellte.

Mehr noch mit Mannheim verbunden ist der Name *Bertha Benz, welche mutig 1888 die erste Fernfahrt mit einem Automobil von Mannheim nach Pforzheim* unternahm.

Für meine älteren Geschwister waren die Sonntagsausflüge ganz gewiss eine Tortur. Sie wären schon gerne ihre eigenen Wege gegangen. Bei langen Spaziergängen unter den üppigen Kastanienbäumen der Rheinpromenade, mussten wir immer voraus gehen und standen unter strenger Beobachtung. Ständig wurden wir ermahnt, haltet den Rücken gerade, Bauch rein, Brust raus, ich dachte wie geht das denn, wenn man noch keine hat!

Hinter unserem Rücken hörten wir das Gemurmel der Eltern, Vater grübelte, mein Junge will Künstler werden aber wenn er bald eine Lehrstelle findet, dann wird ihm der Meister schon die Flausen aus dem Kopf treiben. Mutter machte sich Gedanken um die gute deutsche Musik, diese Hottentottenmusik aus USA, so was hätte es früher nicht gegeben.

Meine Schwester hatte bereits heimlich einen Verehrer, der uns bei allen Spaziergängen auf Schritt und Tritt folgte, immer mit Sicherheitsabstand. Das arme Fräulein war ganz nervös, aber die Eltern merkten nichts.

Endlich durfte die grosse Schwester sonntags alleine ausgehen, aber nur unter einer Bedingung, sie musste mich quasi als „Anstandswauwau". mitnehmen, Sie traf ihren späteren Verlobten vorerst nur im Park. Die Umgebung war sehr romantisch, verschlungene Wege mit zahlreichen Bänken rund um einen See. Während ich an den langen Zweigen einer Trauerweide schaukelte oder Enten fütterte, konnten die Verliebten wenigstens Händchen halten.

Besonders gerne erinnere ich mich an die Sonntagnachmittage, wenn sie mich mitnahmen zum Fünf-Uhr-Tanztee in das Clubhaus „Amicitia". Eine kleine Band, spielte live Foxtrott, langsamer Walzer oder Tango und glückselig schwebten die Paare über das Parkett. Viele Möglichkeiten, einander näherzukommen, gab es in den „Fünfzigern" nicht. Diese Jahre waren altmodisch, spiessig und streng. So manches Mal habe ich meine Geschwister beneidet, vor allem weil sie schon ins Kino durften und ich nicht. Zum Trost kauften sie für mich an der Abendkasse ein Programmheft für 20 Pfennige, mit Inhaltsangabe des Films und Fotos der Darsteller, das ich vor den Eltern verstecken musste und heimlich unter der Bettdecke las.

Nach den Kriegswirren blühte der deutsche Heimat- und Spielfilm auf. Die Sehnsucht der Menschen nach Ablenkung von den Sorgen des Alltags und das Verlangen nach heiler Welt wurde durch die Filmindustrie reichlich bedient. Die Produktion von Schnulzen in Film und Musik nahm ihren Lauf, getreu nach dem, in jener Zeit aktuellen Schlagermotto, *es wird ja alles wieder gut...*

Und ewig singen die Wälder

Drehbuch: Kurt Heuser, nach dem gleichnamigen Roman
von Trygve Gulbranssen - Kamera: Elio Carniel - Musik:
Rolf A. Wilhelm - Herstellungsleitung: Heinz Pollak -
Produktionsleitung: Rudolf Stering - Regie-Ass.: Hans
Stumpf - Aufnahmeltg.: Jakob Palle, Gerald Martell -
Bauten: Leo Metzenbauer - Schnitt: Renate Jelinek -
Kostüme: Charlotte Flemming und Margarete Volters

Regie: PAUL MAY

Die Darsteller und ihre Rollen:

Der alte Dag	Gert Fröbe
Tore	Hansjörg Felmy
Der junge Dag } seine Söhne	Joachim Hansen
Herr von Gall	Carl Lange
Seine Tochter Elisabeth	Anna Smolik
Major a. D. Barre	Hans Nielsen
Seine Tochter Adelheid	Maj-Britt Nilsson
Jungfer Kruse auf Björndal	Inge Meysel
Leutnant Margas	Jürgen Goslar
Der Hoveländer	Hans Ernst Jäger
Seine Tochter Borghild	Hilde Schreiber
Kaufmann Holder, Schwager des alten Dag	Franz Schafheitlin
Jörn Vielfalt auf Björndal	Peter Schmidberger
Pfarrer Ramer	Hintz Fabricius

Produktion: Wiener Mundus Film Dr. Alfred Stöger

Verleih: DEUTSCHE FILM HANSA

Weltvertrieb: Sascha Film Wien

Muttertag

Vater liebte unsere Mutter abgöttisch und war stets darauf bedacht, alle Unannehmlichkeiten von ihr fern zu halten. Auch als unsere Eltern schon betagt waren, durften wir miterleben, wie er sie umarmte und sagte:

Du bist meine Beste!

Er, der hochgewachsene Mann und Mutti ein kleines zierliches Persönchen, für uns wahrhaftig ein Vorbild für gegenseitige Wertschätzung und für liebevollen Umgang miteinander.

So wurden wir von Papa rechtzeitig ermahnt, unsere Anerkennung zu zeigen, da wieder einmal Muttertag vor der Türe stand. Für diesen Gedenktag also, wurde mein Sparschwein auf den Kopf gestellt. Das heisst, wenn kein Schlüssel vorhanden ist, muss man den Schlitz nach unten drehen, bis die Münzen sichtbar sind, dann mit einem Küchenmesser so lange stochern, bis etwas herausfällt. So ließ sich das Porzellanschweinchen schlachten, ohne Scherben, um ein Geschenk zu besorgen. Damit marschierte ich in unserem Wohnviertel los, noch ohne Vorstellung oder eine Idee, was man für wenig Geld erstehen könnte.

Gleich rechts um die Ecke unserer Spielstrasse stiess ich auf eine Metzgerei. Durch das Schaufenster sah ich eine dralle Fleischwurst in glänzender Pelle am Haken vor der weiss gekachelten Wand, so kam es zu einer spontanen Entscheidung. Auf Zehenspitzen legte ich mein gesamtes Vermögen, drei Groschen, auf einen Porzellanteller, der auf dem Tresen stand und verlangte genau für diesen Betrag von jenem roten Wurstring.

Hinter der Theke lächelte die Frau im blütenweissen Kittel freundlich, schnitt ein Stück ab, etwa vier Finger breit. Nun trottete ich mit meinem Wurstzipfel-Päckchen selig nachhause, um meiner Mutter das in Butterbrotpapier gewickelte Muttertagsgeschenk zu überreichen. Es war zwar erst Samstag und Mutter-tage sind ja bekanntlich immer sonntags, aber da wir keinen Kühlschrank besassen, duldete das Geschenk keine Lagerung bzw. keinen Aufschub.

Ich erinnere mich noch ganz genau an den Eis-wagen, der in den Sommermonaten durch unsere Strasse fuhr und direkt von der Ladepritsche des kleinen Lkw´s Stangeneis verkaufte. Die Anwohner kamen mit Eimern und Wannen, um Eisbrocken zu kaufen, die der Eismann mit einem Pickel von der langen Stange losbrach. In diesen Zeiten hatte ja nie-mand einen Kühlschrank, Lebensmittel konnten nicht längerfristig gelagert werden. An kühlen Tagen lag der Brotaufstrich oder ähnliches gut eingewickelt draussen auf der Fensterbank. Aber oft genug war des Nachbars Katze schneller und holte sich den Leckerbissen. Das war ärgerlich und unsere Enttäuschung war gross und einmal mehr gab es Marmeladenbrot.

Falls unverhofft Besuch kam, den man gerne bewirten wollte, wurde ich mit Geld und Einkaufsnetz zum Gasthaus gegenüber geschickt, um dort am „Schalterverkauf" frische Wurstwaren zu erstehen. Einige Gastwirte machten sogar Werbung mit dem Hinweis: aus eigener Schlachtung!

An manchen Sommerabenden musste ich mit einem Bierkrug zum Schalter der Gastwirtschaft laufen und liess den Humpen mit frisch gezapftem Bier für Vater füllen. Es wäre in dieser Zeit undenkbar gewesen, sich einem elterlichen „Auftrag" dieser Art zu widersetzen, es gab kein Gemaule oder Nörgeln, alles wurde ohne Verzögerung erledigt. Heute heisst es: kein Verkauf alkoholischer Getränke an Jugendliche. Zugegeben, am Krug mit frisch gezapftem Bier, perlte die Schaumkrone über den Rand, daran haben meine Geschwister und ich schon mal vorsichtshalber genippt, nur damit nichts verschüttet wird! Vater meinte, der Wirt sei ein Geizkragen, weil der Krug nicht randvoll war.

Unvergesslich bleibt der Duft in Erinnerung, der damals aus dem Schalter der Kneipe in die Nase stach: Küchendunst, Bratkartoffeln, Zwiebeln, dicke

Rauchschwaden entfleuchten aus dem kleinen Fenster des Verkaufsschalters in´s Freie, angereichert mit Tabak und abgestandenem Bier, ebenso allgegenwärtig das unverzichtbare Aroma des Majorans in der landestypischen Hausmacher Pfälzer Leberwurst.

An der Fassade dieses Gasthauses stand in grossen Lettern:

(K) alte und (W) arme Speisen

Fast wöchentlich musste der Gastwirt die Schrift erneuern, weil seine angeheiterten Stammtischbrüder beim Verlassen der Wirtschaft jedesmal die Anfangsbuchstaben **K** und **W** überpinselt hatten.

Übrigens nahm damals niemand daran Anstoss, wenn Kinder zum Einkauf von alkoholischen Getränken beauftragt wurden. Bereits 1905 gab es von der „Mannemer Brauerei Eichbaum", ein ansprechendes buntes Reklameschild aus Emaille. Es zeigte am „Schalterverkauf einen Buben mit Bierkrug und einem Dackel, darunter stand in feiner Sütterlin Schrift: *„Eichbaum will de Vadder hawwe!"* (will der Vater haben!).

Am „Trachtengewand" des kleinen Knaben ist erkennbar, dass damals die Pfalz unter bayerischer Herrschaft stand. Wohnsitz des bayerischen Königs Ludwig I war die königliche Villa „Ludwigshöhe" bei Edenkoben.

Zurück zum Muttertag

Nun stand ich also abwartend und gespannt vor Mutti um zu sehen, wie das Geschenk ankam.

Völlig überrascht setzte sich Mutter erst einmal auf einen Küchenstuhl und begann das Geschenk in aller Ruhe und stiller Vorfreude aus dem Pergamentpapier auszupellen. Dann schnitt sie Scheibe für Scheibe mit dem kleinsten Küchenmesser ab und ass genüsslich den ganzen Zipfel auf. Mit Pfützen im Mund, die schon bald einem Speichelsturz glichen, standen Vater und ich sprachlos daneben. Geschenk hin oder her, insgeheim hofften wir beide auf eine winzige, wenigstens in Konfettigrösse geschnittene Kostprobe.

Das hat aber gut geschmeckt, lobte meine Mutter, wo hast Du denn diese gute Wurst gekauft? Wahrheitsgetreu erzählte ich vom Einkauf im Laden mit den weissen Kacheln, gleich um die Ecke. Für einen Moment war sie sprachlos. Der Gesichtsausdruck von Mutter lässt sich schwer beschreiben, etwa eine Mischung aus Belustigung, Ungläubigkeit und auch ein wenig Entsetzen stand in Ihren Augen.

Schliesslich war doch der einzige Metzgerladen in dieser Gegend ein Pferdemetzger. Ich konnte zwar noch nicht lesen, aber auf dem Schild über der Eingangstüre war deutlich ein Pferdekopf abgebildet.

www

In den noch entbehrungsreichen Nachkriegs-
jahren, stand immer wieder das Essen im Vordergrund und der Wunsch, sich einmal satt essen zu
dürfen. Beliebt und begehrenswert war unter vielen
anderen bescheidenen Wünschen ein Stück gute
Fleischwurst. Nicht von ungefähr heisst ein Mantra in
der Pfalz, www:

Weck, Worscht und Woi!

Unter meinen Schulkameraden gab es einen
liebenswerten Buben, der hier als ein Musterbeispiel
für den damaligen Familienzusammenhalt erwähnt
werden muss. Nach seinem Geburtstagswunsch befragt, wünschte sich Richard einen ganzen Ring
Fleischwurst. Für die Eltern eine finanzielle Herausforderung, aber durch Umschichten der Haushaltskasse ging dieser große und für die heutige Zeit
lächerliche Wunsch in Erfüllung.

Von Herzen teilte das Geburtstagskind selbstlos mit
den Eltern und seinen fünf Geschwistern. Gemeinsam
aßen sie „sein Geschenk" auf.

Sport, Brot und Spiele

Ab und zu kreuzte auch eine Gruppe der Heilsarmee unsere Wege. Wir lauschten ihren Vorträgen mit Bewunderung für die Festigkeit in ihrem Glauben. Es gehört schon eine Portion Mut dazu, wenn vor versammelter Menge reumütige Sünder ein Bekenntnis ablegten: „Ich war ein schlechter Mensch, heute bin ich bekehrt", Die Frauen trugen seltsame Hütchen und nannten sich „Soldaten des Himmels", dann stimmten sie unter Begleitung einer Wandergitarre das Schlusslied an: Lass den Sonnenschein herein, öffne weit die Fenster, öffne weit die Tür, lass den Sonnenschein herein.

Als im besten Viertel der Stadt das Amerika-Haus eröffnet wurde, bekamen wir einen Besucherausweis und nutzten gerne die Gastfreundschaft. Leihweise gab es Bücher, Zeitschriften und auch kostenlose Filmvorführungen, die aber von einer patriotischen völlig überzogenen Selbstbeweihräucherung durchtränkt waren. Als Pendant hierzu entstand das Französisch-Haus. Hier lagen stapelweise Modehefte der Haut Couture, in denen die mit leichter Hand skizzierten Entwürfe der Designer abgebildet waren und zeigten was gerade en vogue war. Davon inspiriert, stand mein Wunsch fest, ich werde Modezeichnerin.

In einer Berufsberatungsstelle wurde mein Höhenflug rasch beendet und ich fiel schnell auf den Boden der Tatsachen zurück, als man mir zu verstehen gab, dass eine Schneiderlehre Voraussetzung sei für den Besuch einer Modefachschule. Im tiefsten Inneren fühlte ich auch, dass meine Begabung nicht ausreichen würde.

Denn meine Handarbeitskünste waren nicht der Rede wert. Wochenlang quälte ich mich mit der Herstellung eines Taschentuchbehälters ab, mit gelben und braunen Streifen. Obwohl nur einfache linke und rechte Maschen verlangt waren, kam ich damit nicht voran und vom mehrfachen Wiederauftrennen war die Wolle bereits angeschmutzt. Eines abends vor dem Abgabetermin, erbarmte sich endlich mein Bruder und strickte das ungeliebte Werk für mich zu Ende. Das Ergebnis: ein „befriedigend".

Im Jahr 1949 wurde der VfR Deutscher Meister. Es gab der Bevölkerung einen unglaublichen Auftrieb. Plötzlich besannen sich andere Vereine auf ihre traditionellen Vereinsfeste und es gab jedes Wochenende irgendwo eine Veranstaltung sei es bei den Kleingärtnern, im Karnickel-Zuchtverein oder bei den Geflügelzüchtern, gerne auch Gockel-Robber genannt.

Unsere Eltern strebten dann Ausflüge an, weniger mit kulturellem Anspruch, sondern wünschten sich auch mal ein Vergnügen mit Musik und Tanz.

Gesangsvereine formierten sich neu und gaben Konzerte, die Menschen waren dankbar für jede Abwechslung vor allem weil vieles kostenlos dargeboten wurde.

Die letzte Haltestelle der städtischen Strassenbahn befand sich meist schon in ländlichen Gebieten, wo sich Aussiedlerhöfe, Sportvereine oder Schrebergarten-Anlagen befanden. Im Glücksfalle war auch eine Gartenwirtschaft dabei oder ein Vereinsheim mit Bewirtung. Wir erhielten eine Brause und die Erwachsenen bewegten sich nach Genuss von reichlich Apfelmost beim Tanz. Man tanzte Walzer und Schieber, zur Schrammel-Musik eines Akkordeonspielers. Später ging dann auch der Hut um und der Musikus bekam Freibier.

Als besondere Belustigung für Kinder galt damals das beliebte „Wurstschnappen". An einem Angelhaken wurde eine dicke Bockwurst festgemacht und von einem Podium, das für das spätere Tanzvergnügen bereits aufgebaut war, schwenkte irgendein Vereinsvorstand wichtigtuerisch die Angel mit der Wurst über die Köpfe der Zuschauer.

Es war nicht erlaubt, die Wurst anzufassen, also versuchte jeder, durch Hochspringen oder Hüpfen, in die Wurst zu beissen. Zahlreiche Zungen und Lippen benetzten die Pelle. Begleitet von Gelächter und Geschrei, wenn die Wurst bereits im Mund war und schnell wieder herausgezogen wurde. Das Spiel dauerte eine Weile, bis irgend jemand doch mit der Hand beherzt zugriff und einfach ein Stück abbiss.

Heute wäre aus hygienischen Gründen diese Art der Volksbelustigung undenkbar.

Maikäfer flieg

Eine wichtige Rolle in unserer Kindheit spielten öffentliche Verkehrsmittel, insbesondere die Strassenbahn, die wir ausgiebig nutzten. Die Gleise waren von Trümmern befreit und das Streckennetz nach und nach zu den Vororten ausgebaut. Wer lange für die Anschaffung seines ersten VW-Käfers sparen musste, hatte keine andere Wahl und fuhr täglich mit „seiner Linie".

Es war eine wackelige Angelegenheit mit nur wenigen Haltegriffen und Stangen. Auch an Lederschlaufen, die von der Decke herabhingen, konnte man sich festhalten. Die Tram war meist überfüllt und die harten Holzbänke besetzt, wer stehen musste, war eingekeilt. Die Luft war schwer und stickig, man konnte kaum atmen, ein Gemisch aus Tabakrauch und ranzigem Bratfett. Bei Regenwetter verströmten ungelüftete alte Klamotten den typischen Kampfergeruch der unentbehrlichen Mottenkugeln. Manche Mäntel rochen wie nasse Hunde. Tapfer zwängte sich der Schaffner durch die Menge zum Kassieren. Um seinen Hals baumelte am Lederriemen ein Geldwechselkasten, den er bediente, während er breitbeinig balancierend die Groschen abzählte. In Kopfhöhe befand sich ein Gurt, der durch den gesamten Waggon lief, der Schaffner zog daran und der Klingelton signalisierte dem Fahrer nach jeder

Haltestelle, dass die Fahrt weitergehen konnte. Es rumpelte und quietschte in den Kurven, die alte Bahn ächzte, wobei die Fahrgäste heftig hin und her schaukelten vor allem beim Anfahren und Bremsen.

Über den Fenstern an den Seiten waren Emaille-schilder angebracht, auf denen zu lesen stand: *Nicht auf den Boden spucken. Nicht aus dem Fenster lehnen* und *Nicht mit dem Wagenführer sprechen.*

Die vordere Plattform war gleichzeitig das Führer-haus, aber auch unmittelbar hinter dem Wagenlenker standen die Fahrgäste. Die Fahrerkabine war damals noch nicht abgeteilt und man konnte beobachten, wie der Fahrer stehend an der Lenkkurbel drehte und gleichzeitig mit dem Fuss auf einen silbrig glänzenden Metallknopf tippte, um den berühmten Klingelton zu erzeugen. So typisch klingt nur das Bimmeln einer alten Strassenbahn.

Die Bahn kam pünktlich und zuverlässig und weil es noch lange keine gleitende Arbeitszeit gab, konnte man jeden Tag die gleichen Fahrgäste antreffen, man grüsste sich und so manche Liebesromanze begann in der Enge des Strassenbahnwagens.

An einem Sonntag im Mai führte uns die Strassenbahnlinie zur Endstation in den Käfertaler Wald. Nach einem kurzen Fussmarsch durch eine

Reihe schmucker Siedlungshäuser mit Frühlingsboten in allen Vorgärten, begleitet vom intensiven Duft der zahlreichen Fliederblüten, erreichten wir das Wäldchen und waren schon mittendrin im frischen Maiengrün, welch ein herrlicher Monat.

Der weiche Waldboden unter den Füssen, das Rascheln der Blätter, das Wettsingen der Amseln machten den Weg leicht und bald schon öffnete sich der Wald zu einer Lichtung. Hier waren wir am Ziel, vor uns lag ein privates kleines Wildgehege. Zahlreiche Rehe, Hirsche und Wildschweine zeigten sich zutraulich, bereits an gaffende Stadtmenschen gewöhnt. Die Bachen grunzten zufrieden, wühlten mit ihren Schnauzen heftig im Matsch und die noch längs gestreiften Frischlinge rannten voll des Übermuts im Gehege umher. Kampflustige Zwergziegenböcke stellten sich spielerisch auf die Hinterbeine, um dann mit Anlauf die kleinen Hörner aneinander zu stossen.

Wir konnten uns nicht sattsehen am Treiben der Vierbeiner. Während sich die Erwachsenen im schattigen Biergarten erholten, streiften wir Kinder umher und sammelten Maikäfer.

Die hübsch gezeichneten grossen Käfer haben braune, kupfern glänzende Flügel, fast wie eine Metallic-Lackierung und sind seitlich schwarzweiss mit einem Zackenmuster versehen, ein ganz modernes Design. Zwei ausgesprochen grosse gefiederte Fühler sind wie ein Fächer ausgebreitet. Leider entwickeln sich die Käfer nach einem milden Winter zu Plage und werden heute immer noch von Weinbauern gefürchtet.

Wir sangen trotz des traurigen Textes das Maikäfer-Lied, das es angeblich schon seit dem 30-jährigen Krieg geben soll:

Maikäfer flieg, dein Vater ist im Krieg, die Mutter ist in Pommernland, Pommernland ist abgebrannt, Maikäfer flieg.

Mit Kastanienblättern als Nahrung wollten wir mindestens zehn Maikäfer mit nachhause nehmen. Mutter gemahnte zum Aufbruch und bot uns an, die Käfer in ihrer Handtasche zu transportieren.

Es dämmerte schon, bald wurde es kühl im Wald und wir erwischten gerade noch die letzte Strassenbahn. Alle waren müde von diesem erlebnisreichen Tag an der frischen Luft und nahmen erschöpft auf den Holzbänken Platz.

Dann kam der Schaffner zum Kassieren. Mutter knipste ihre Handtasche auf, um an das Portemonnaie zu gelangen, niemand dachte an die Maikäfer, die flugs die Gelegenheit zur Flucht ergriffen. Der Strassenbahnwagen war plötzlich erfüllt vom Summen und Brummen der grossen Käfer, die Leute fuchtelten wild mit den Armen und mit Taschentüchern.

Erst als an der nächsten Haltestelle die Tür geöffnet wurde, konnten die aufgeregten Tiere ins Freie flüchten. Wir waren sehr enttäuscht, die Fahrgäste verärgert und Mutti blickte betreten nach unten.

Not macht erfinderisch

Eines Tages sassen unsere Eltern am Küchentisch in trauriger Stimmung, die Gesichter betroffen, ratlos, und sie flüsterten miteinander. Dann erfuhren wir, Grossmutter Margarete war gestorben.

Vater hatte mit den notwendigen Formalitäten zwar nichts zu tun, diese wurden von seiner jüngeren Schwester erledigt, die mit Grossmutter im gemeinsamen Haushalt lebte, wie bereits erwähnt, in der hessischen Gemeinde. Unsere Besuche dort bei den Verwandten waren eher als Pflichtübung anzusehen, meist rollten wir lustlos, vom geringschätzig im Volksmund so genannten „Riedochsenbahnhof", der grossmütterlichen Umarmung und dem Sonntagsbraten entgegen. Zu meinem Leidwesen gestehe ich heute, musste ein Stallhase sein Leben lassen, damit für uns, den immer noch unterernährten Stadtmenschen, ein saftiges Ragout mit Klössen und Rotkohl auf dem Tisch stand.

Ausserdem fand ich es äusserst lästig, dass ich mit meinem jüngeren Cousin spielen musste, der schon erwartungsvoll in einem handgestrickten grauen Trachtenanzug an der Gartenpforte stand. Seine dunkelblonden Haare waren streng gescheitelt und die längeren Strähnen mit Zuckerwasser seitlich festgeklebt. (Ein altes Hausmittel: Ein Esslöffel Zucker, mit einer Tasse Wasser vermischt, ergibt eine Art Haarlack).

Er hatte graublaue Glubschaugen, ausgesprochen gut geformte Zähne, die aber leider nie geputzt waren und immer einen gelblichen Belag hatten, der Anblick ekelte mich bei jedem Besuch aufs Neue.

Nun also stand eine Beerdigung bevor und meine Eltern kamen zu dem Schluss, ein dunkler Anzug musste her, obwohl in der Haushaltskasse für solche Ausgaben überhaupt keine Reserven vorhanden waren. Vater zog los, um bei C und A nach einem möglichst günstigen Angebot zu suchen und er wurde fündig. Das Schnäppchen trug er stolz nachhause, ohne darauf zu achten, dass Ärmel und Hosenbeine viel zu lang waren. Zum Glück hatte meine Mutter bei den Klosterfrauen auch Grundkenntnisse im Schnei-dern erworben und machte sich sofort an die Arbeit, um die Ärmel des Jacketts und auch die Hosenbeine umzunähen.

Nachdem die Bestattung vorüber war, lüftete Vater das neue dunkle Outfit an der frischen Luft aus, faltete die Teile sehr sorgfältig zusammen und fuhr zu C und A.

Der freundliche Kundendienst fand keinerlei Grund zur Beanstandung, merkte nichts von den laienhaft in Handarbeit gekürzten Säumen und Vater bekam den vollen Kaufpreis in bar zurück und konnte das Loch in der Haushaltskasse wieder stopfen.

Ja, wenn das nicht für die Kulanz des Bekleidungshauses spricht.

Sommerzeit und Ferien
im Strandbad

Viele Jahre lang, konnten wir aus Kostengründen, wie andere Familien zu dieser Zeit auch, keine einzige Reise unternehmen. Unsere Ferienerlebnisse spielten sich hauptsächlich im Strandbad am Rhein ab.

Alles Nötige war eingepackt, Pfefferminztee in einer Thermoskanne, auch fehlte nie der übliche Henkelmann aus Aluminium, der bis zum Rand gefüllt war mit Mutter´s wunderbarem Kartoffelsalat. Dazu noch belegte Brote mit Streichkäse und hartgekochte Eier, Gummiball und Karten-Spiele, Handtücher und eine Decke zum Draufsetzen sowie Lesestoff.

Frühmorgens ging´s los, natürlich mit der Strassenbahn zur Endhaltestelle dann weiter, mit dem völlig überfüllten Bus durch die Rheinauen zum Badevergnügen. Entlang der Uferstrasse gab es Liegewiesen unter schattigen Bäumen, und zum Rheinufer hin zog sich ein breiter Streifen aus feinen und groben Kieselsteinen.

Wir alle - ausser Mutter - hatten im Rhein Schwimmen erlernt. Anfangs bekam man einen Gürtel aus

Kork umgeschnallt, damit war man unsinkbar. Ohnehin ist die Fliessgeschwindigkeit des Rheins so hoch, dass man sich fast nicht bewegen musste. Wer sich lange treiben liess, sozusagen mit dem Strom schwimmen wollte, der hatte danach die komplette Strandpromenade bis zu seinem Liegeplatz zurückzulaufen.

Vom Rheinufer aus konnte man die verschiedenen Schlepper und Transportschiffe beobachten. An den wehenden Fahnen war die Herkunft der Schiffe zu erkennen. Wir merkten uns die Namen, die am Bug aufgemalt waren. Im Laufe des Sommers kamen sie immer wieder mit neuer Fracht vorbei. Die Namensgebung für Schiffe wird eigens in einem Register geführt.

Schon im 12. Jahrhundert hiessen drei Weinschiffe des Klosters Eberbach *„Bock, Pinth und Sau"*, die damals den klösterlichen Wein aus dem Rheingau nach Köln transportierten.

An einem heissen Sommertag, fasste Mutter allen Mut zusammen, um sich endlich doch in den Fluten abzukühlen. Gefährlich und tückisch am Rheingrund sind aber die Untiefen. Mutter konnte zwar schwimmen, aber nicht mit grosser Ausdauer. Noch reichte ihr das Rheinwasser knapp über die Brust, als sie plötzlich keinen Boden mehr unter sich spürte.

Hilfe, schrie sie, ich hab´ keinen Grund und nochmals Hilfe, ich hab`keinen Grund. Ein Mann schwamm vorbei und fragte irritiert, warum schreien sie denn, wenn sie keinen Grund haben?

Dann endlich bemerkte er, dass sie den Grund unter ihren Füssen meinte und er half ihr ans rettende Ufer.

Apfel, Nuss und Mandelkern

Zur Weihnachtszeit lag eine besondere Spannung in der Luft. Es knisterte irgendwie, die Eltern wechselten vielsagende Blicke und taten geheimnisvoll. Einige wenige Plätzchen wurden gebacken und dann im Schrank gut versteckt. Der Plätzchenduft schwebte lange im Raum doch vorher wurde nicht genascht, es steigerte die Vorfreude. Ein Adventskalender soll die Wartezeit verkürzen und deutlich machen, wenn das letzte Türchen geöffnet wird, dann kommt das Christkind. Für das noch nicht ausgeprägte Zeitgefühl bei Kleinkindern ist ein Adventskalender eine kleine Hilfe bei quängelnden Fragen. Allerdings fanden wir damals nur bunte Weihnachtsmotive vor, denn erst ab 1958 wurden kleine Schokoladenfiguren hinter den Türchen versteckt.

In jenen Kindertagen waren Nikolaus, Knecht Ruprecht, der Krampus oder wie auch immer diese Gestalten genannt wurden, beklemmende Erscheinungen. Kaum war die erste Adventskerze angezündet, hiess es spätestens ab jetzt, besonders brav zu sein. Der *„Nikolaus kommt bald"* stand als feste Drohung im Raum.

Unsere Erwartungshaltung war ohnehin nicht hoch, der Nikolaus sollte lediglich aus seinem Buch von guten und schlechten Taten vorlesen. Nachdem wir ein Gedicht aufgesagt hatten oder auch nach einem Liedvortrag, bekamen wir ein wenig Gebäck, einen Apfel und ein paar Nüsse.

Im vorigen Jahrhundert pflanzten Gutsherren mit Vorliebe Nussbäume auf ihrem Anwesen, damit die Kinder der Untergebenen zur Weihnachtszeit etwas Nahrhaftes bekamen, so hielt sich lange Zeit die Tradition, dass der Nikolaus Apfel, Nuss und Mandelkern überreichte.

Heute muss sich Santa aber gewaltig anstrengen und sollte zumindest einen Gameboy oder Vergleichbares in dieser Grössenordnung im Gepäck haben.

Im Laufe der Jahre ist viel vom amerikanischen Kitsch über den grossen Teich zu uns herübergeschwappt. So kam auch Santa Claus als freundlicher Geselle daher, pausbackig, wie ein gemütlicher französischer Weinbauer nach dem Genuss eines guten Tropfens. Ein silbrig glänzender Haarschopf, der aus einer pelzverbrämten Zipfelmütze in die Stirn hängt, ein wattiger Rauschebart und eine Knubbelnase kennzeichnen in der Werbung den gut gelaunten Santa Claus aus USA.

Sein Gewand leuchtet signalrot vor dem Hintergrund des nachtblauen Himmels, und als Begleitung schweben feuchtnasige Rentiere über dem Dach, startbereit wie Formel 1 Boliden in der Boxengasse. Weit und breit kein „Vollstrecker" zu sehen, wie der bei uns gefürchtete Knecht Ruprecht.

Wie auch immer dieser Weihnachtsmann mit dem dicken Doppel-Whopper-Ranzen durch den Kamin gleitet, um die bereitgestellten Stiefel zu füllen, bleibt sein Geheimnis.

Allerdings erhebt sich hier die Frage, ob dieser sinnfreie Geschenke-Onkel den Heiligen Nikolaus wirklich ersetzen darf?

Meinungsumfragen der GfK (Gesellschaft für Konsumforschung in Nürnberg) zufolge finden zwei drittel aller Bundesbürger den signalrot gekleideten Gabenbringer amerikanischen Ursprungs sympathischer als den Heiligen im Bischofsgewand. Die Werbeindustrie hat sich längst darauf eingestellt, dass der Weihnachtsmann im plüschigen Strampelanzug kommerziell besser zu vermarkten ist. Manche, religionsfern erzogene Kinder wissen nicht, dass der Heilige Nikolaus 340 v. Chr. nachweislich wirklich lebte, in Myra (damals Lykien, heute Türkei) und das von den Eltern ererbte Vermögen für Bedürftige und Notleidende ausgab. Er gilt heute noch als Schutzpatron für Kinder, Fischer, Seefahrer und Lehrer.

Nach einer Legende aus dem 9. Jahrhundert konnte ein armer Bauer keine Mitgift für seine drei Töchter aufbringen. In seiner Not beschloss er, die Mädchen auf die Strasse zu schicken, sie sollten durch Liebesdienste Geld beschaffen. Sankt Nikolaus wollte dies verhindern und warf zwei Klumpen Gold durch den Schornstein. Diese fielen direkt in die Socken, die zum Trocknen aufgehängt waren. So entstand der Brauch, Strümpfe am Kamin aufzuhängen.

Die Gebeine des Heiligen Nikolaus wurden vor ca. Tausend Jahren gestohlen und nach Bari, Italien verbracht. Vor einiger Zeit setzte ein Pilgerstrom aus Russland nach Bari ein, denn auch in Russland wird Nikolaus verehrt.

An einem Nikolausabend also sassen wir erwartungsvoll um den Tisch, als es an der Haustüre plötzlich klopfte und polterte. Mutter öffnete und schon wurde mein Name gerufen, der Nikolaus möchte mich sehen. Im Treppenhaus stand eine dunkle Gestalt mit tief in die Stirn gezogener Kapuze. Die Beleuchtung war schummrig, was ich aber trotz der Dunkelheit sehen konnte, liess mich erstarren. Da stand kein freundlicher Nikolaus sondern Knecht Ruprecht! Er trug einen Sack auf dem Buckel, aus dessen Öffnung deutlich sichtbar, zwei Beine heraushingen mit blauen Strümpfen und Halbschuhen daran. Es sah tatsächlich so aus, als steckte ein Kind kopfüber im Sack. Ich kann bis zum heutigen Tage nicht verstehen, weshalb Mutter mir diesen Anblick nicht ersparte, vermutlich war sie selbst zu sehr überrascht.

Allerdings erschien im Jahr darauf wieder Knecht Ruprecht im gleichen Gewand und siehe da, durch eine unvorsichtige Kopfbewegung rutschte die Kapuze zur Seite und ein Ohrring blitzte auf, mit hellblauem Aquamarin, wie ich ihn schon zuvor bei Frau Hoffmann gesehen hatte. Nun wusste ich, unter der Verkleidung steckte die graue Maus vom vierten Stockwerk, die gerne durch das Haus schlich und Kinder erschreckte.

Flohzirkus

Jede Jahreszeit bietet ein besonderes Ereignis, oder wie man heute sagen würde, ein Highlight. Die grauen Tage im Winter werden verkürzt durch die Vorfreude auf Advent und Weihnachten. In den Sommermonaten sehnen wir die grossen Ferien herbei und im Frühjahr und Herbst bringen Volksfeste, Jahrmärkte, Rummel, Kirchweih oder Kerwe, wie immer auch die Gemeinden dieses Vergnügen für Jung und Alt nennen, Abwechslung in den Alltag.

Man muss immer wieder betonen, dass wir ohne grosse Reisen aufwuchsen. Kenntnisse über ferne Länder und Kulturen konnten nur durch Bücher erworben werden.

Ein Jahrmarktsbesuch, oder ein Wanderzirkus mit angrenzender Tierschau, hatte grosse Anziehungskraft und bot kurze Einblicke in andere Lebensweisen. Eine Sensation, Elefanten, Kamele, Löwen und Tiger lebend zu sehen, doch heute schämt man sich für die Zurschaustellung von Wildtieren, die kaum artgerecht untergebracht waren. Hier hat glücklicherweise ein Umdenken über den Umgang und die Behandlung unserer Mitgeschöpfe begonnen.

Gespannt verfolgten wir den Aufbau der Buden und Zelte. Die Eltern wurden geplagt mit Fragen, wann gehen wir zum Jahrmarkt. Endlich war es dann soweit, wir marschierten alle Fünf zum Festplatz. Schon am Anfang der Buden stieg uns der Duft von Zuckerwatte, gebrannten Mandeln, Magenbrot und klebrigen Schnittchen, genannt Türkenhonig in die Nase. Dazwischen lockten rotbackige zuckerguss-überzogene Liebesäpfel.

Meine Schwester wünschte sich diesen glänzenden Schneewittchenapfel. Ich bekam rosa Zuckerwatte und war aber herb enttäuscht, als das zarte aufge-bauschte Gespinst aus Zuckerfäden sofort zusam-menfiel und sich in Nichts auflöste. Mein Bruder wählte Brausepulver. Dieses zartgelbe Pulver wurde auf die Handfläche gestreut, dann mit der Zunge aufgenommen. Es entwickelte sich ein herrlich prickelnder Geschmack, der jedoch nicht lange anhielt.

Wir kamen an einer Schiffschaukel vorbei, wo gerade ein kräftiger junger Mann mit viel Schwung einen Überschlag geschafft hatte. Daneben stand eine Art Marterpfahl mit einer Messlatte dahinter und der Inhaber brüllte laut: Hau den Lukas und schwenkte einen dicken Hammer. Über den Köpfen schwebten mit fliegenden Röcken einige kreischende Mädchen im Kettenkarussell.

Für die meisten Kinder aber war der Höhepunkt das Kasperletheater. Schon von weitem drangen die aufgeregten Schreie der kleinen Zuschauer aus dem Festzelt nach draussen, Achtung Kasper:

„Das Krokodiiiiil".

Zum Glück nahmen alle Geschichten mit Gretel, Grossmutter und Schutzmann immer ein gutes Ende.

Mutter war völlig unbeeindruckt von allen Darbietungen und strebte der Geschirrmesse am Rande des Jahrmarktes zu. Auf dem Boden des Geländes ausgebreitet stapelten sich Töpfe, Pfannen und Teller. Alles was Hausfrauen gerne ersetzen oder erneuern würden, war zu moderaten Preisen vorhanden. Ein besonderer Verkaufstrick der Marktleute war, dass sie Zugaben darauf packten, so dass jede Kundin glaubte, sie hätte soeben ein besonderes Schnäppchen ergattert.

Einige Zeit verharrten wir andächtig vor einer Jahrmarktsorgel, die gerade etwas blechern Heinzelmännchens Wachtparade intonierte. Vor den Orgelpfeifen wippte ein kleiner Dirigent mit dem Taktstock und bunt bemalte Putten, halten pausbackig ihre Posaunen am Mund. Alles bewegte sich, alles drehte sich in diesem feinen handwerklichen Meisterstück aus Waldkirch. Der stolze Eigentümer drehte im

Hintergrund mit gleichmässigen Bewegungen an der Kurbel, damit die Walze die Melodien spielen konnte.

Dann ertönte auf einmal der Lockruf eines Budenbesitzers nasal aus dem Megaphon, als ob man die Nase mit Zeigefinger und Daumen zuhält, hereinspaziert, sie werden etwas erleben, sie werden begeistert sein meine Herrschaften, sie werden es noch ihren Enkelkindern erzählen......

Vater wurde aufmerksam und ehe wir uns versahen, kaufte er Eintrittskarten als wir noch bei der Drehorgel standen, dann schob er uns in ein Zelt mit Bänken. Erwartungsvoll sahen die Zuschauer auf der Bühne einer Dame zu, die sich auf dem Sofa räkelte und offensichtlich fest schlief. Auf dem Podium erschien der Marktschreier, jetzt ohne Megaphon und verkündete mit stolz geschwellter Brust, er sei Hypnotiseur und niemand könne sich seiner Fähigkeit widersetzen. Er liess seinen Blick über die Zuschauer schweifen und seine Augen blieben bei unserem Vater hängen, der wohl wegen seiner Grösse aus dem Publikum herausragte. Kommen Sie? Es klang eher wie ein Befehl, als eine Frage. Ich hatte schon ein mulmiges Gefühl, denn Vater setzte sich in Bewegung, nickte unserer Mutter kurz zu und flüsterte: „Mir kann er nichts anhaben, ich bin willensstark". Schon stand er auf der Bühne.

Der Hypnotiseur bedeutete Vater, er solle auf einem Stuhl Platz nehmen und beugte sich hinunter, wobei ihm eine Locke des öligen Haares in die Stirn fiel. Vater schaute irritiert nach oben. Im Publikum wurde es still, man hörte nur noch das leise eindringlich monotone Murmeln des Einflüsterers. Plötzlich begann Vater langsam sein Hemd aufzuknöpfen und zog es tatsächlich mit fahrigen Bewegungen wie in Zeitlupe aus. Er sass nun im Unterhemd, „Schiesser Feinripp" auf der Bühne, für alle sichtbar. Die Zuschauer wurden unruhig, einige begannen zu kichern. Dann sagte der Hypnotiseur zu Vater:

„Du hast Flöhe!"

Nun begann Vater sich überall zu kratzen, er wollte gar nicht damit aufhören und das Publikum lachte und johlte schadenfroh. Oh mein Gott, ich wollte im Boden versinken vor Scham, mein Vater, mein grosser Held wurde zum Gespött der Leute und von wegen willensstark!

Inzwischen befahl der Hypnotiseur der Dame auf dem Sofa, sie solle die Schuhe ausziehen und sich mit einer Decke zudecken. Auch diese folgte gehorsam den Anweisungen und ich dachte zuvor, sie gehört nur als Lockvogel zur Show. Aber sie war ebenfalls ein Opfer aus dem Zuschauerraum und schlief so fest, dass der Meister es nicht übers Herz brachte, sie zu wecken und sie einfach in Trance bis zur nächsten Vorstellung behielt.

Dann endlich machte der Magier dem Schauspiel ein Ende. Vaters Haut war vom Kratzen schon leicht gerötet. Mit einem kurzen Fingerschnippen weckte er unseren Papa auf, der sich leicht verwundert umschaute. Schnell schnappte er sein Hemd und wollte eiligst die Bühne verlassen. Halt, rief da der Meister und überreichte Vater für dessen Mitwirkung eine Flasche Moselwein, indem er noch betonte, welch ein guter Tropfen er sich verdient hatte und vom Etikett laut vorlas:

Kröver Nacktarsch!

In den 50er Jahren luden meine Eltern gerne Freunde ein, zur Faschingszeit nannte man es „Hausball". Vater verkleidete sich als Dame von Welt, wobei er Nylonstrümpfe trug, als Busen aufgeblasene Luftballons unter das Hemd steckte und sich einmal arg erkältete. Mutter war es gewohnt, dass er sich „zum Affen" machte. Deswegen ertrug sie diesen Auftritt beim Hypnotiseur mit Gelassenheit, nur für mich war der Tag gelaufen und vom Rummelplatz hatte ich vorerst genug.

Kleine Fortschritte

Bereits im Sommer 1946 erteilte die US Militärregierung die Lizenz zur Herausgabe einer Tageszeitung.

Aus Mangel an Papier erschien das Exemplar nur dreimal in der Woche und wurde den Zeitungsboten förmlich aus der Hand gerissen. Der „Mannheimer Morgen" produzierte das Blatt im traditionsreichen Pressehaus am Marktplatz im Herzen der Stadt. Am Gebäude selbst waren Schaukästen angebracht, hier bildeten sich Menschentrauben, um das druckfrische Exemplar der Tageszeitung zu lesen. Wer sich noch keine Ausgabe leisten konnte, informierte sich eben mal rasch im Vorübergehen.

Nichts wurde weggeworfen in den Nachkriegstagen. Alte Zeitungen waren hochbegehrt und fanden vielfache Verwendungsmöglichkeiten. Zum Einwickeln und Frischhalten von Gemüse und Salat. Ebenfalls konnte man noch Briketts sorgsam in feuchtem Papier einpacken. Mehrere Lagen aus Zeitungspapier, passend zugeschnitten, dienten als Schuheinlagen, denn meist waren die Schuhe von den Geschwistern bereits getragen und wurden „vererbt" und man musste erst noch „hineinwachsen".

Zuguterletzt hingen die Reste der Zeitungen in gleichgrosse Vierecke geschnitten an einem Haken auf Toiletten, an zartes, buntes oder gar feuchtes Papier dachte man noch lange nicht.

Ab 1952 standen die Menschen nicht mehr wegen eines Zeitungsartikels Schlange, sondern reckten die Hälse vor den Radiogeschäften, um einen neuen Apparat zu bestaunen.

Die bahnbrechende, sensationelle Errungenschaft: Das FERNSEHEN.

Am 2. Juni 1953 erfolgte die erste Direktübertragung im deutschen Fernsehen aus England:

Die Krönungszeremonie von Queen Elizabeth II.

Ein spektakulärer Erfolg, der gleichzeitig zum gemeinsamen Erlebnis wurde. Eigentlich die erste Form vom heute so beliebten „Rudelgucken"!

Heutzutage erfreuen sich vor allem Fussballfans am

„public viewing".

Dieser Begriff hat sich als fester Bestandteil in die Sprache eingebürgert, allerdings eine sonderbare Bezeichnung, denn es bedeutet in USA ursprünglich übersetzt:

Ausstellung eines aufgebahrten Leichnams.

Mit Sicherheit erzeugt das gemeinsame Erleben bei der Übertragung eines Fussballspiels mehr Begeisterung und ein neues Wir-Gefühl.

Vom kleinen flimmernden Schwarzweiss-Bildschirm bis zur Grossbild-Leinwand, welch eine rasante Entwicklung. Wie gross der Nachholbedarf an Verbrauchsgütern war, machen diese Zahlen deutlich:

1952 gab es in USA schon 15 Millionen Teilnehmer, in der Bundesrepublik Deutschland gerade mal 300. Die Anzahl der Fernsehteilnehmer nahm in den folgenden Jahren weltweit rapide zu.

Natürlich stand die Anschaffung eines Fernsehgerätes in den meisten Haushalten auf der Wunschliste ganz oben. Es kursierte zunächst die Frage, ob ein solches Gerät eine Zeitung ersetzen würde? Mitnichten! Oder kann man mit einem Fernseher eine Fliege erschlagen?

Der Bedarf an Verbrauchsgütern war enorm und jede Art von Verkaufsförderung damals unnötig, es wurde gespart und dann erst gekauft. Keine bunten Kataloge, Prospekte oder Flyer, wie es heute im Marketingjargon heisst, verstopften die Briefkästen. Das Wort Propaganda, einst Synonym für Agitation oder Einflüsterung, wofür es in der Zeit des Nationalsozialismus sogar einen Ministerposten gab, war vorbelastet und die Werbebranche steckte noch in den Kinderschuhen.

Natürlich gab es Familien, die sofort kaufen wollten, ohne Sparguthaben. Für diese Klientel dachte sich das Kaufhaus Vetter als Branchenführer erstmals Ratenzahlungen aus. Vater wäre es niemals in den Sinn gekommen, einer solchen Versuchung anheim zu fallen, auch besass er nie ein Auto, *das Wirtschaftswunder ging komplett an uns vorbei.*

Wenn man heute Freunde oder Bekannte nach ihren ersten einprägsamen Fernseh-Erlebnissen befragt, würden sie das Attentat auf John F. Kennedy 1963 oder die Mondlandung 1969 nennen.

Nicht so bei einer befreundeten Familie mit sechs Kindern, die sehr lange gespart hatte, um endlich das langersehnte Fernsehgerät mit Schwarzweiss-Bildschirm im Wohnzimmer aufstellen zu können.

Begeistert und mit unbändiger Vorfreude stürzten die Kinder ins Wohnzimmer, um die neue Errungenschaft auszukosten. Jedoch welch ein Zufall, das Lieferdatum fiel ausgerechnet auf jenen Tag, an dem die Staatstrauerfeier für Konrad Adenauer, des ersten Bundeskanzlers der BRD, abgehalten und übertragen wurde: am 25. April 1967. Es gab kein anderes Programm!

Für die Kleinen war dieser Tag eine herbe Enttäuschung, sie verstanden nichts von der politischen Tragweite und hatten sich ja so sehr auf ihre allererste Fernsehsendung und das Sandmännchen gefreut. Ab 1959 wurde die Gute-Nacht-Sendung mit dem Abendgruss des beliebten Sandmännchens täglich um 19.00 Uhr ausgestrahlt.

Die Sendezeit war pünktlich um Mitternacht beendet, unter den Klängen der Nationalhymne. Danach folgte nur das karierte Testbild mit einem nervigen Pfeifton, der für die damaligen Fernseh-Techniker zur Einstellung der Tonendstufe und der Bildgeometrie (Schärfe) nötig war.

Endlich Fernsehen, erste Erfahrungen

die Eltern meiner besten Freundin Uta besassen lange vor meiner Familie einen solchen Wunderkasten und nachmittags durfte ich einige Übertragungen mit Uta gemeinsam ansehen. Normalerweise gab es am Tage auf dem Schwarzweiss-Kasten nur ein Testbild. Aber die Ausnahme war die Übertragung der olympischen Spiele 1956 aus Cortina d´Ampezzo. Es war tatsächlich die erste Übertragung der Olympischen Spiele im Fernsehen.

Wir waren hingerissen von Toni Sailer, der sportlich braungebrannt und in elegantem Stil die Pisten herab wedelte. Er gewann alle drei alpinen Ski-Wettbewerbe für sein Heimatland Österreich und war der Schwarm aller jungen Mädchen.

Aber schon zwei Jahre später hatten wir neue Idole. Das Eislaufpaar Marika Kilius und Hans Jürgen Bäumler, das 1958 zuerst deutscher Meister und danach sechsmal in Folge Europameister wurde.

Unvergessen für die ältere Generation der Fernsehzuschauer bleiben auch die Kommentare des

Sportmoderators Heinz Maegerlein, der stets ausführlich und blumig die Röckchen und Kleidchen der Eisläuferinnen kommentierte. Er bemühte sich nach Kräften, die fehlenden Farben auf dem Bildschirm durch seine Schilderungen zu ersetzen.

Zusätzlich gab er auch Informationen über die Eislauf- und Eistanzmusik weiter, die meist aus der Klassiksparte gewählt wurde und seiner Meinung nach gut zu den Schrittkombinationen passte. Ein überaus beliebter und kompetenter Sportreporter, dem man auch einen Versprecher verzeihen konnte.

Ungeheure Popularität erlangte Heinz Maegerlein ab 1958 auch als Moderator der Quiz-Sendung „hätten Sie´s gewusst".

Dieses Programm erzielte enorme Einschaltquoten, dass sie heute noch als die Mutter aller Rate-Shows gelten darf. Ebenfalls im Gedächtnis bleibt wohl sein verbaler Ausrutscher von 1959, als er bei einer Skisport-Reportage den Satz über den Sender schickte:

„Tausende Zuschauer standen an den Hängen und Pisten!"

Ein weiterer lustiger Versprecher passierte bei einer Übertragung eines Schwimmwettbewerbs: „Nun wickeln die Damen ihre 100 Meter Brust ab".

Nicht nur damals, auch heute noch sorgt das Massenmedium Fernsehen mit den vielseitigen Übertragungen für Diskussionsstoff in den Betrieben, in Kantinen, an Stammtischen und auch auf dem Schulhof. Wir werden bestens informiert über das Tagesgeschehen weltweit, Politik, Sportereignisse, Konzerte und vieles mehr. Eine Flut an Informationen die es zu filtern gilt. Dokumentationen und Aufbereitungen der Historie bringen neue Erkenntnisse. Hervorzuheben sind die Beiträge der BBC und auf neuem wissenschaftlichen Stand die Sendungen wie zum Beispiel ZDF „History".

Der Geschichtsunterricht erfährt eine aufregende Wiederbelebung, nachgestellte Szenen in Spielfilmqualität zeigen Schlüsselmomente der Weltgeschichte in unterhaltsamer Weise. Unvergessen bleiben die Berichte von Jacques Cousteau, der mit seinem Schiff Calypso die Weltmeere bereiste und die faszinierende Unterwasserwelt schon in den 50er und 60er Jahren lehrreich ins deutsche Fernsehen brachte.

Wie beneidenswert sind heute Schüler, heranwachsende Jugendliche, die zuhause den Lernstoff des Unterrichts auf spielerische Art auch mit Hilfe des Internets nachvollziehen können. In unserer Geographiestunde drehte sich ein Globus auf dem Lehrerpult, die Hauptstädte als winzige Punkte, Gebirge und Seen waren nur schwer erkennbar. Um einzelne Erdteile und Länder zu betrachten, musste man einen schwergewichtigen Schulatlas mitschleppen. Zudem war im Klassenzimmer eine große Landkarte angebracht. Der Erdkundelehrer zeigte mit einem Stock, die relevanten Bereiche an. Heute dient ein „Laserpointer" als Hilfsmittel.

Es genügt ein Mausklick am Computer, um alle gewünschten Informationen in Sekundenschnelle abrufen zu können. 1873 schrieb Jules Verne seinen Roman in 80 Tagen um die Welt. Die *ISS benötigt nur 90 Minuten für eine Erdumrundung* und wir dürfen via Internet live dabei sein.

Die ISS ist ein Musterbeispiel für friedliche, wissenschaftliche, internationale Zusammenarbeit!

Atemberaubende Bilder aus der 400 km entfernten Raumstation ISS zeigen unsere Erde als eine Perle auf schwarzem Samt, für die wir alle Verantwortung tragen!

Darum will ich schliessen mit folgenden Zeilen von

Antoine de Saint-Exupéry:

Mensch sein heisst
Verantwortung fühlen,
sich schämen beim Anblick einer Not
auch dann, wenn man selber keine
Mitschuld an ihr hat.
Stolz sein auf den Erfolg der Kameraden
und persönlich seinen Stein beitragen
im Bewusstsein, mitzuwirken am
Bau der Welt.

Anhang

Beispiele für den Speiseplan während des Krieges und in den folgenden Hungerjahren

Es war eine Herausforderung an die Kreativität der Mütter und Grossmütter, die stets hungrige Familie durchzubringen.

Während die Frauen in langen Warteschlangen anstehen mussten, um endlich auf „Lebensmittelmarken" auch die erhoffte Ration zu erhalten, wurde die Wartezeit verkürzt, indem sie Rezepte und Tipps austauschten. Viele ältere Frauen, die schon den ersten Weltkrieg miterlebt hatten, gaben ihre Erfahrungen weiter. Aus „Unkraut" wurden Suppen oder Salate zubereitet.

Von Vorteil waren Kenntnisse über Wildkräuter, die erst in zweiter Linie zum Würzen und Verbessern der Speisen benötigt wurden.

Wichtiger noch war die Anwendung der Heilpflanzen für Kranke. Wohl dem der einige Kenntnisse hatte von Naturheilkunde und der Anwendung von Hausmitteln wie Kamillenblüten, Brennessel, Brombeerblätter, Birkenblätter und Birkenrinde, um nur einige herauszugreifen. Manche Bürgermeister und Ortsvorsteher riefen Schulklassen auf, Kartoffelkäfer von den Stauden zu sammeln, um die Felder vor Kahlfrass zu schützen, mit Erfolg auch ohne Chemie. Danach wurden Heilkräuter gesammelt wie Ackerschachtelhalm, Spitzwegerich oder Schafgarbe. Wer sich vor der Arbeit drückte bekam keine Lebensmittelmarken.

Es gab weder Medikamente noch Verbandszeug. Die Unterkünfte in feuchten Kellern und die Vermehrung der Ratten verursachten zusätzlich Erkrankungen, wie z.B Hepatitis. Durch permanente Unterernährung waren die Menschen geschwächt, die Säuglingssterblichkeit war hoch. Krätze und Hungerödeme waren alltäglich und andere Mangelkrankheiten wie Tuberkulose wurden zur tödlichen Gefahr. Ärzte und Pflegekräfte fehlten allerorts.

Überlebensrezepte

Löwenzahnsalat:

Wir Kinder erfreuten uns an den Pusteblumen und verteilten dadurch die Samen weiter. Als Heilpflanze bietet Löwenzahn eine Fülle von Anwendungsmöglichkeiten. (Im Elsass nannten sie ihn pis-en-lit)

Sauerampfer als Suppe

Gänseblümchen (Salatgarnitur)

Spinat aus Brennesseln (Vorsicht beim Pflücken), mit heissem Wasser überbrühen. Wissenschaftlich erwiesen ist, dass die Brennessel Arthrose und Arthritis lindern kann.

Liebstöckel dazu, (Maggikraut) falls vorhanden.

Beliebt war auch Holunder, die Blütendolden wurden in Pfannkuchenteig getaucht und ausgebacken. Leider nur wenn Fett vorhanden war.

Die Beeren konnten aufgekocht, zu Saft, für Likör oder gar als Schnaps gebrannt werden.

Mutti´s Kur für blondes Haar: ein Gläschen Weinbrand mit Eigelb verquirlt, natürlich externe Anwendung.

Zuckerwasser als Haarfestiger,

bei Kreislaufschwäche, Appetitlosigkeit oder als Aufbaukur: ein Gläschen Rotwein mit Eigelb und etwas Traubenzucker,

(sieht aus wie Kakao, ist aber ein Lustigmacher).

Künstliche Leberwurst:

Man koche einen Griessbrei, der mit Salz abgeschmeckt wird.

Eine gekochte Zwiebel durch ein Sieb streichen, beides vermengen.

Anstelle von Leber etwas Hefe zugeben, dann mit Majoran abschmecken.

Haferflockensuppe:

10 Esslöffel Haferflocken

1 Liter Wasser

etwas Salz, Pfeffer oder Maggi,

Kochkäse:

Eine Tasse Wasser ein einen Topf geben.

Etwas Kümmel und Salz dazu, aufkochen.

Dann reibt man zwei mittelgrosse rohe Kartoffeln hinein und lässt es so lange kochen, bis die Masse sämig und glasig ist.

Hagebuttensuppe:

eine gute Portion Hagebutten einweichen und sehr weich kochen.

Dann durch ein Sieb streichen, die Flüssigkeit mit etwas Mehl andicken.

Mit Zucker abschmecken und jede Portion mit einem Klecks Eischnee verzieren. Eine vitaminreiche warme Suppe.

Verwendung von Kartoffelschalen:

Schalen von rohen Kartoffeln werden sehr sauber gewaschen, erst luftgetrocknet und dann gekocht. Nach dem Abkühlen durch den Fleischwolf gedreht. Die Masse eignet sich zur Herstellung von Knödeln oder Bratlinge.

Quellen:

Bundesarchiv

Dr.H. Weber

Stadtarchiv. Mannheim

Miele, im Spiegel der Zeit. *1899/1999 – 100 Jahre

Hrsg. Miele, Gütersloh. WDR, Wikipedia

Wirtschaftswundermuseum

Illustration: Alicia Makatsch

Wir danken insbesondere für die Freigabe, Erlaubnis und Unterstützung durch:

\-   Fotostudio Mechnig, Mannheim-Sandhofen

\-   der Eichbaum Brauerei, Mannheim

—   durch Hajoona

—

Mein Dankeschön

gilt vor allem meinen lieben Eltern für ihre behutsame und liebevolle Begleitung ins Leben

auch der besten Lehrerin

Dr. Reinhild Wagenknecht, die durch mitreissende Begeisterungsfähigkeit den Grundstein legte für das Interesse an Literatur und Geschichte, insbesondere an der griechischen Mythologie. Dies wird durch meine Mitschüler beim Klassentreffen ebenso bestätigt.

Auch in bester Erinnerung bleibt meine enge Schulfreundin Uta, die stets liebenswert und kameradschaftlich mit mir „unter einer Decke steckte"!

Last but not least, möchte ich aus tiefstem Herzen meinem Richard, dem allerbesten Freund und lieben Partner danken. Seine unermüdliche Geduld und Hilfsbereitschaft bei technischen Anforderungen und beim Layout haben mein Selbstvertrauen gestärkt. Ohne seine Mitwirkung wäre dieses Buch nicht erschienen.

Die Autorin

Alicia Makatsch, gebürtige Mannheimerin, besuchte die Wohlgelegen-Realschule. Danach erfolgte eine Ausbildung zur Pharma Kauffrau mit Giftprüfung und „etwas Apothekerlatein". Derzeit lebt sie an der südlichen Weinstrasse und zeitweise in Andalusien. Gerne bereitet sie dort für liebe Gäste Paella zu;

erfreut zu Geburtstagen oder Jubiläen Freunde und Bekannte mit Vorträgen und eigenen Versen.

Inspiration und Vorbild ist Elsbeth Janda, als populäre Botschafterin der Region setzte sie sich auch für die Pfälzer Mundart ein. Zeitweise schlüpfte sie in die Rolle der Lieselotte von der Pfalz, um charmant und warmherzig aus deren zahlreichen Briefen zu zitierten. Auch Judith Kauffmann muss hier ebenfalls mit Bewunderung erwähnt werden, da sie als echtes pfälzer Mädel und vortreffliche Interpretin der kurpfälzer Lebensart einem breiten Publikum aus dem Herzen sprach.

Ein weiteres Steckenpferd der Autorin ist die Malerei und neben der Begeisterung für klassische Musik ist die, in der Schulzeit geweckte Liebe zu Gedichten und Aphorismen geblieben.